U0109337

古典詩歌研究彙刊

第十九輯

龔鵬程 主編

第 3 冊

哲學、歷史視野下的兩宋詞人心靈史（下）

周 建 梅 著

國家圖書館出版品預行編目資料

哲學、歷史視野下的兩宋詞人心靈史（下）／周建梅 著 — 初
版 — 新北市：花木蘭文化出版社，2016〔民 105〕
目 4+154 面；17×24 公分
（古典詩歌研究彙刊 第十九輯；第 3 冊）
ISBN 978-986-404-462-7（精裝）
1. 宋詞 2. 詞論 3. 中國文學史
820.91   105001544

ISBN-978-986-404-462-7

9 789864 044627

古典詩歌研究彙刊
第十九輯　第三冊   ISBN：978-986-404-462-7

哲學、歷史視野下的兩宋詞人心靈史（下）

作　　者　周建梅
主　　編　龔鵬程
總 編 輯　杜潔祥
副總編輯　楊嘉樂
編　　輯　許郁翎
出　　版　花木蘭文化出版社
社　　長　高小娟
聯絡地址　235 新北市中和區中安街七二號十三樓
　　　　　電話：02-2923-1455／傳真：02-2923-1452
網　　址　http://www.huamulan.tw 信箱 hml810518@gmail.com
印　　刷　普羅文化出版廣告事業
初　　版　2016 年 3 月
全書字數　277767 字
定　　價　第十九輯共 8 冊（精裝）新台幣 12,800 元

哲學、歷史視野下的兩宋詞人心靈史(下)

周建梅 著

目

次

下編 歷史視野下的兩宋詞人心靈路徑圖之源流回溯——兩宋詞人心靈史與封建時代國人心靈大觀園史的承繼流變關係剖解

　　若將上編所勾畫的兩宋詞人心靈大觀園的園景圖與封建社會其它朝代國人心靈大觀園的園景圖進行對比觀照，便會發現其中相似景致頗多，聖經中有言「日光之下並無新事」，這句話從某種角度看不無道理，有些心靈課題具有不隨時空而變化的永在性，如伍立揚先生所云：「最高明的哲學，之所以永遠不會過時，而且因時間的推移愈見其精微奧博，乃因其大悲憫貫穿天地人種種極大極小的困擾，達而悲，悲而達，陸放翁詩即如此，牽想極廣，掛念極深，如空階夜雨，點滴到明，而其憂患隱隱然更與現代科學發現相合拍，其中潛伏著永遠的現在性和永遠的未來性，高深圓融、博大悲憫，這是人類的局限，剴切地表達這種局限正是人類精英起迷入悟的高明之所在。」〔註 1〕宋人的心史軌跡與封建社會其它朝代國人的心史軌跡間有著絲絲縷縷的難以分割的聯繫，其心靈路徑的入口、走向和終點或有相同相近處，可「人不能兩次踏進同一條河流」，心靈

〔註 1〕 伍立揚：《故紙風雪》，北京：文化藝術出版社，2005 年版，第 19 頁。

路徑的同中之異亦是當然之理。

　　將宋人心靈園景圖與封建社會其它朝代國人心靈園景圖中的相
關路徑疊印比併，比較路徑、心景之同異，是本文下編的主要內容。
對於上編中已有較多理論闡述的部分，下編將不再贅述，而是綴飾數
朵詞花於其上，採取以詞進行內證的內證法，以求建構出主乾道清
晰、花朵紛繁爛漫的宋詞人心靈大觀園。宋人的時代精神在封建時代
國人精神發展流變史這一宏大的坐標系中將會理解得更爲清晰透
徹，所勾畫之宋人心靈大觀園將具有更豐富的層次感，覽者將看到更
多的景深，本文兩宋詞人心靈史之文本寫作將具有更豐厚的歷史底
蘊。

第一章　先秦與宋

　　先秦社會一派生機勃勃的青蔥景象，行走在古老神州大地上的先民們已從蒙昧中走出，已從對神的崇拜中走出，他們開始意識到人自身的力量，他們開始憑籍著一己之力努力探索著世界的眞相和命運的謎語。那是一個崇尚智慧、思想多元化發展的開放時代，是中華文明史上下五千年中士階層心靈最自由開展的時代，正如梁啓超所云，「孔北老南，對壘互峙，九流十家，繼軌並作。如春雷一聲，萬緣齊茁於廣野；如火山乍裂，熱石競飛於天外。壯哉壯哉；非特我中華學界之大觀，亦世界學史之偉跡也。」（《論中國學術思想變遷之大勢》第三章第一節）這些先聖前賢們唱響了中華民族多元文化交響樂的序曲，以人爲中心的文化基調在他們手中得以確立，奠定了中華民族思想根基的儒道兩家更是持守著人學主綱，致力於探索人的現世生存之道，它們建構了國人歷久彌新的精神家園，給後人當然也給宋人提供了掬取不盡的生命甘露。先秦的人學取向不僅體現在儒道兩家的人學主綱上，還體現在屈原「路漫漫其修遠兮，吾將上下而求索」之爲人生意義「雖九死其猶未悔」的堅持不懈努力態度上（屈原《離騷》），生命結果斯可不論，也難以控制，生命過程的努力就已經挺立了人之價值，我們在上編宋詞人典型性心靈路徑中不也觀睹過這樣的生命態度嗎？先秦的詩歌總集《詩經》在

天地間唱響了曲曲動人戀歌，愛情是生命的緣起，是人生在世的重要慰籍，《詩經》中歌哭笑淚雜糅的曲曲愛之歌與先秦的人學主張相呼應，亦與宋詞中的篇篇戀歌遙相呼應。

一、人生何為
──論儒道的人學主綱對宋詞人之全面沾溉

按照雅斯貝的說法，中西方幾乎在同一時刻進入了「軸心期」，軸心期奠定了東西方的主要理論和價值觀形式，中國的這一軸心期在先秦時代，先秦的思想元典和思想大家樹立了人之權威，儒道兩家更是如此，老子《道德經》第二十五章云：「道大，天大，地大，人亦大。域中有四大，而人居其一焉。」馮友蘭先生對道家思想點評道：「道家是講人的學問，可以簡稱為人學。」〔註1〕儒道兩家指向了一個共同的關注中心：天地兩間中人。斯人何為？人生何為？文明軸心期中華民族的這一主旋律之音與西方古文明的神學中心迥然異趣，也由此使得行走在悲劇體認和自我救贖哲學路徑上的中國人與西方人自我救贖路途的分道而行。素有宗教傳統的西方人可以在教堂打開生命枷鎖，卸下全部的身心重負，由天父再次點亮心靈之燈。中國人沒有一個處處君臨的上帝，唯有自己背負起自身的苦難與重擔，從生命智慧中返身內求希望之路，從先在文化中探索生命的救贖之道。儒道兩家對人如何在世生存、如何自我救贖提供了各自的方案，這些方案深深地烙在了國人的集體潛意識中，持續沾溉著後世子孫，在上編宋詞人的心靈大觀園中我們亦可以經常感受到這種影響。

「士不可不弘毅，任重而道遠」（《論語‧泰伯》）、「博施於民而能濟眾」（《論語‧雍也》）、「如欲平治天下，當今之世，舍我其誰也」（《孟子‧公孫丑下》），先秦思想家強調為家、國、天下奉身的外王努力，確立了立足於現世人生承擔此岸建構責任的責任意識，甚或在

〔註1〕 馮友蘭：《中國哲學史新編》第五冊，北京：人民出版社，1999年版，第11頁。

走至絕境時亦要「知其不可爲而爲之」(《論語》)，以努力的姿態昭示精神高標的力量和美麗。先儒「修身、齊家、治國、平天下」之進益鏈條上，修身是起點，人生最高矢的還是落在了治國平天下的政治目標上，這樣的價值觀取向與孔子仁學思想有著重要的精神淵源關係，《中國儒學大觀》中說：「多數學者認爲，仁和禮是孔子思想體系的兩個最重要的概念，仁禮學說是孔子最重要的歷史文獻。」〔註2〕仁在《論語》中出現次數達 109 次之多〔註3〕，可見是孔子的核心思想了。歷史文獻中對仁的解釋頗多，《孟子・盡心下》中說：「仁也者，人也。合而言之，道也。」「樊遲問仁，子曰『愛人』」(《論語・顏淵篇》)。《說文解字》云：「仁，親也，從人從二。」(《說文解字》卷八上) 仁的基本意是人與人之間的相親相愛關係，儒家的外王努力、治國平天下的政治目標是人對類的大愛體現，是仁者情懷合乎邏輯的發展。

孔子被後人稱爲「素王」，其「王意」見於諸多史料，「公山弗擾以費畔，召，子欲往。子路不說，曰：『末之也，已，何必公山氏之之也？』子曰：『夫召我者，而豈徒哉？如有用我者，吾其爲東周乎？』」(《論語・陽貨》) 魯大夫季氏的家臣公山弗擾在費邑叛亂，召用孔子，孔子欲往，希望在那兒代周而王，這是孔子王意的明白表露。孔子制禮作樂及寫作《春秋》時微言大義的春秋筆法亦是其外王意識的體現，「周室既衰，諸侯恣行。仲尼憚禮廢樂崩，進修經術，以達王道，匡亂世反之於正，見其文辭，爲天下制義法，垂六藝之統紀於後世」(司馬遷《史記・太史公自序》)、「是以孔子明王道，干七十餘君而莫能用，故西觀周室，論史記舊聞，興於魯而次《春秋》。上記隱，下至哀之獲麟；約其文辭，去其煩重，以制義法，王道備，人事浹。」(司馬遷《史記・十二諸侯年表》) 孔子曾明言：「我欲載之空言，不如見之行事之深切著明。」(《史記・太史公自

─────────────────────────

〔註2〕湯一介等主編：《中國儒學文化大觀》第 2 卷，北京：北京大學出版社，2001 年版，第 777 頁。
〔註3〕楊伯峻：《論語譯注》，北京：中華書局，1980 年版，第 65 頁。

序》)《論語・子罕》中云：「子貢曰：『有美玉於斯，韞櫝而藏諸？求善賈而沽諸？』子曰：『沽之哉！沽之哉！我待賈者。』」孔子亟欲功業有成的急切心理在這兩段話中甚是昭然。孔子亦充分踐履著他經世濟民的生命價值觀，前人有言「仲尼棲棲，墨子遑遑。」棲棲惶惶所為何事，家國社稷的安康、天下蒼生的飽暖也。孔子雖在立言和立德兩個方面大有作為，但內心還是對實際功業無成耿耿不已，王充曰：「夫子自傷不王也。」(《論衡・問孔》)

　　崇尚外王努力、為類的良好存在奮鬥不已的頑抗精神已內化在國人的集體潛意識中，深深影響著一代又一代的炎黃傳人，成為了中華民族最可貴的精神遺產和精神遺囑，中國歷史上因之鑄成了一條由無數民族魂組成、綿延至今的精神萬里長城：屈原形容憔悴為美政理想的實現上下求索、岳飛身刺「精忠報國」的字樣前線提兵奮勇殺敵、顧炎武「不恥惡衣惡食，而恥匹夫匹婦不被其澤」(《日知錄・博學於文》)，其「天下興亡，匹夫有責」(《日知錄・正始》)的口號至今仍膾炙人口、戊戌六君子之一的譚嗣同拒絕了友人助其逃難日本的建議，慷慨言道：「我自橫刀向天笑，去留肝膽兩崑崙」(譚嗣同《獄中題壁》)，坦然赴死，渴望以一己之死喚醒廣大民眾；肩著黑暗閘門讓後人通過的魯迅「橫眉冷對千夫指，俯首甘為孺子牛」(魯迅《自嘲》)，痛斥舊時代「非人間的濃黑的悲涼」〔註4〕……這樣的名單還可開列出很多，正是由於這些秉持著鞠躬盡瘁死而後已的現世承擔精神的民族精英們的存在，才使得中華文明成為唯一沒有斷裂的古文明。為社稷蒼生不懈努力的此岸奮進精神和承擔意識在宋人的文化人格中也得到了很好的繼承和體現，而且出之以在整體上更高的精神強度，上編宋人時代精神共相的論述之篇中我們已經充分闡述過宋人在封建時代突出的外王努力，此處再以詞內證之：

〔註4〕魯迅：《魯迅全集》第三卷，北京：人民文學出版社，2005年版，第289頁。

念奴嬌
赤壁懷古
蘇軾

大江東去，浪淘盡，千古風流人物。故壘西邊，人道是，三國周郎赤壁。亂石崩雲，驚濤裂岸，卷起千堆雪。江山如畫，昔日多少豪傑。

遙想公謹當年，小喬初嫁了。羽扇綸巾，談笑間，檣櫓灰飛煙滅。故國神遊，多情應笑我，早生華髮。人間如夢，一枕還酹江月。

安公子
柳永

長川波瀲灩。楚鄉淮岸迢遞，一霎煙汀雨過，芳草青如染。驅驅攜書劍。當此好天好景，自覺多愁多病，行役心情厭。

望處曠野沉沉，暮雲黯黯。行侵夜色，又是急槳投村店。認去程將近，舟子相呼，遙指漁燈一點。

陳翼論蘇軾《念奴嬌·赤壁懷古》一詞道：「使人抵掌激昂，而有擊楫中流之心」，宋朝的文化天才蘇軾自始至終堅持為實現清明政治而正道直行，從不依附權倖隨聲附合，貶謫生涯中所到之處盡其所能澤潤當地百姓，詩詞文中觸處皆是其此岸奮進意識、忠君愛國心聲的流露。縱然是浪子才人柳永，其人格多棱鏡的中心鏡面也還是治國平天下的經世濟民意識，其渴望世間留痕、求取政治抱負實現的心願在他多次謁見達官顯貴的舉動中顯露無遺，這也便是他微官卑職各地轉徙時所創作的羈旅行役詞詞心蒼茫淒黯的根本原因：與政治理想愈行愈遠了啊。「行役心情厭」，卻仍在羈旅途上奔波不息，實是因為內心持續湧動著一股封建社會從先民就已開始、封建士人終身擺脫不開的引力和驅動力：「了卻君王天下事，贏得生前身後名」（辛棄疾）。

靖康之難後南宋半壁江山奏響了一支抗金復國、報仇雪恥的英

雄交響曲，北宋時期的風流名士們、儒雅公子們棄北宋時期的浪漫
倜儻而取南宋時期的奉身報國，加入到了抗戰行列中，朱敦儒就是
其中典型個案，如其詞詞心所示：

> 枕海山橫，陵江潮去，雉堞秋風殘照。閒尋桂子，試
> 聽菱歌，湖上晚來涼好。幾處蘭舟，採蓮遊女，歸去隔花
> 相惱。奈長安不見，劉郎已老，暗傷懷抱　誰信得、舊
> 日風流，如今憔悴，換卻五陵年少。逢花倒躲，遇酒堅辭，
> 常是懶歌慵笑。除奉天威，掃平狂虜，整頓乾坤都了。共
> 赤松攜手，重騎明月，再遊蓬島。」（朱敦儒《蘇武慢》）

「弓刀游俠」辛棄疾和「亙古男兒」陸游愛國心香香徹生命，搏
殺欲望至死猶存：

> 雪曉清笳亂起，夢遊處、不知何地？鐵騎無聲望似
> 水。想關河，雁門西，青海際。覺寒燈裏，漏聲斷、月斜
> 窗紙。自許封侯在萬里。有誰知？鬢雖殘，心未死。（陸游
> 《永遇樂》）

> 千古江山，英雄無覓，孫仲謀處。舞榭歌臺，風流總
> 被，雨打風吹去。斜陽草樹，尋常巷陌，人道寄奴曾住。
> 想當年金戈鐵馬，氣吞萬里如虎。　元嘉草草，封狼居
> 胥，贏得倉皇北顧。四十三年，望中猶記，烽火揚州路。
> 可堪回首，佛狸祠下，一片神鴉社鼓。憑誰問廉頗老矣，
> 尚能飯否？（辛棄疾《永遇樂》）

文天祥政治心聲無人傾聽時飄然掛冠，但國家立有魚肉之禍時
便拋棄個人恩怨盡輸家財以出、陳亮多次帝廷面折抗辨，力陳抗戰
良策……這些堅守抗戰派旗幟的愛國志士的詞作實在可稱得上是南
宋詞心心電圖的最高點，同時也是儒家世間承擔意識和外王努力最
充分的體現。

「仁者愛人」是儒家外王目標的重要思想根源，但他們並沒有
因為關懷家國天下而忽略了愛己，忽略了個體心靈的安頓，困境中
絃歌不絕、油然而笑的孔子和曲肱飲水不改歡如心態的顏子一直是
後世儒者特別是宋儒們討論的話頭，「孔顏之樂」斯為宋學重要命

題。從記載孔子言論的《論語》中我們看到的是一個「圓型人物」，既講社會責擔、經世責任，爲政治理想的實現席不暇暖地到處奔走，進不能處廟堂之高時退而著書育人，孔子承擔著麾下三千弟子的教育工作，終日誨人不倦。但孔子並未因爲此岸勤苦而形容憔悴，「子之燕居，申申如也，夭夭如也。」（《論語・述而》）他的人格氣象在大部分時間內是和平粹美、豐融裕如的，「樂」是孔子較爲恒定的心態。如何使生命擺脫惑染煩污進益至清明無憂的樂境，孔子提出的一個重要方案是學習，「學而時習之，不亦樂乎？有朋自遠方來，不亦樂乎？人不知而不慍，不亦君子乎？」（《論語・學而》）將學習視爲眾樂之首，蓋因學以明道後的澄明，生命的困惑是生命眞如的屠刀，學故能通，籍學習打開一道道煩惱的枷鎖，這就是「君子之學爲己」的含義吧！子曰：「吾十有五而志於學，三十而立，四十而不惑，五十而知天命，六十而耳順，七十而從心所欲，不逾矩。」（《論語・爲政》）十有五而志於學是起點，完成了這一步驟後，才會有後續的三十而立、四十而不惑、五十而知天命、六十而耳順、七十而從心所欲不逾矩。走出原始叢林中刀耕火種生活的先民們已經吃下了智慧樹上的智慧果，返回無知無識的渾樸境界已不可能，那麼化解文化副產品的惡智之苦、異化之苦重返樂園的唯一路途就是廣開精神大門，使自己不局限在某個知識碎片上受其害，相反要去汲取盡可能豐富的文化資源，然後將多種多樣的智慧果在腹中釀成生命的玉液瓊漿，以之澆灌生命之樹，使之永生於無憂樂土。「夫學，殖也，不學將落」（《左傳・莊公十八年》），此殖當爲籍學習獲得的生命智慧之殖，此消彼長也，智慧之進益必帶來煩惱之消減。明陳繼儒《小窗幽記》中道：「魯如曾子，於道獨得其傳，可知資性不足以限人也；貧如顏子，其樂不因以改，可知境遇不足以困人也。」〔註 5〕資性不足、境遇不足皆不足以困人，不足以損人之樂，學以明道，以道潤身，照樣和樂安閒。上編宋人

─────────────────────────────

〔註 5〕　〔明〕陳繼儒：《小窗幽記》，西寧：青海出版社，1998 年版，第 52 頁。

時代精神共相的闡述之章中我們已呼吸領會過宋人「六經勤向窗前讀」的氤氳書香，萬卷書積澱出了在整個封建時代登峰造極的趙宋文化和士人成熟的文化人格，宋人深知學習對於生命樂境的重要性，宋代多位學者對兩者關係加以言說，邵雍曰：「學不至於樂不可謂之學」（邵雍《皇極》卷四），二程說：「學至涵養其所得而至於樂，則清明高遠矣。」（張伯行輯注：《濂洛關閩書》卷四）⋯⋯走在封建社會下坡路進程中的宋人與上坡進程中的前人相比人生之旅中遭遇的艱難險阻無疑要多得多，但他們終不至於過度的憂勞愁慘，上編宋詞人心靈大觀園中作為心靈標本的詞人往往是滿臉秋容美，而不是萬物枯萎凋零盡的寒冬氣象，其中如蘇軾類的文化天才還能走出物傷己傷的生命困境在生命終點處回覆初生赤子的自由無礙。宋朝像秦觀那樣封閉在憂愁苦楚的個人之繭中無以解脫反倒愈纏愈緊，終被生命之痛所虐殺者斯為少數個案，學習與有力其間也。

萬卷書是儒者走向生命樂土的重要通道，孔子還提出了另外的路徑，這便關乎他「成於樂」的命題了，子曰：「興於《詩》，立於禮，成於樂。」（《論語·泰伯》）《樂書》卷八注：「夔教冑子必始於樂，孔子語學之序，則成於樂，孔子述志道之序，則終於遊藝，豈非樂與藝，固學者之終始歟。」李澤厚將「成於樂」解釋為「音樂使人完成」，人的完成便是馬斯洛所言之「自我實現」、共產主義創始人馬克斯恩格斯所論自由王國中的美好願景。「人的完成」是一切文化追求的極境，達到了「人的完成」，便可時時處處成為攜帶生命原鄉的在家之人，焉能不樂？因為對音樂持有著這樣的認知，故孔子對音樂的癡迷沉醉超出於常人，子曰：「師摯之始，《關雎》之亂，洋洋乎盈耳哉。」（《論語·泰伯》）「聽韶樂，三月不知肉味，曰：『不圖為樂之至於斯也。』」（《論語·述而》）魂之滿足是人的完成的必要條件，作為魂生命的人之物種，魂之滿足永遠超臨於肉的滿足之上，悅耳動心的音樂使人在魂之滿足的過程中忘記了感官需求。音

樂還可以構生出一個嶄新的、具啓悟性的藝術時空，在這疊合於現實時空的別一時空中，人心會頓然豁亮，會視生命中諸多的混亂紛爭、痛苦悲傷等等喧嘩與騷動爲生命中不能承受之錯，從而自覺回返人生的應然之路。下面這則佚事很好地詮釋了這一點，「孔子之宋，匡人簡子以圍之。子路奮戟將與戰，孔子止之曰：『歌！予和汝！』子路彈琴而歌，孔子和之，曲三終，匡人解甲而罷。」（《孔子家語・困誓》）身處甲士包圍之中，孔子拒絕了子路以暴對暴的方法，而是用音樂切斷了劍拔弩張的時空，在垂直方向上創闢出了音樂的啓悟性時空，匡人在這一時空中得到了人性的超昇提舉，覺知了武器和暴力的錯誤，放下屠刀回歸了眞善美的人性原鄉。《禮紀・檀弓》中記孔子將死之前，猶有泰山梁木之歌，對音樂有著深刻悟解的孔子在人生的最後關口繼續渴求著音樂的慰藉和啓悟，他定是不希望人的完成在生命的最後時刻被打開缺口！美麗的旋律聲中孔子返歸的靈魂一定是安祥寧和、圓滿無缺的。音樂在宋人生活中亦發揮著重要作用，宋詞是音樂的歌詞部分，而宋詞又是有宋一代文學之勝，可見宋人是日日生活在音樂的包圍中了，音樂給予他們人生的慰籍是巨大的，成爲了他們丟不開的生活伴侶，即便是德高望眾的名公巨勳，亦免不了時時塡些被視爲「小道」「薄技」的歌詞。

　　徐復觀先生論道：「到了孔子，才有對於音樂的最高藝術價值的自覺；而在最高藝術價值的自覺中，建立了爲人生而藝術的典型。」〔註6〕「就現在所能看到的材料看，孔子可能是中國歷史中第一位最明顯而又最偉大地藝術精神的發現者。」〔註7〕孔子的「成於樂」之樂並不僅僅局限於音樂，亦可擴展理解爲藝術，李澤厚的釋語「音樂使人完成」因此可以置換成「藝術使人完成」，這便與現代人的藝術話語相會通了。孔子的「與點」之論便是孔子藝術人

〔註6〕　徐復觀：《中國藝術精神》，上海：華東師大出版，2001 年版，第 3頁。

〔註7〕　徐復觀：《中國藝術精神》，上海：華東師大出版，2001 年版，第 4頁。

生觀的極好例證，孔子在《論語·子路、曾晢、冉有、公西華侍坐》
一篇中讓他的四個弟子各言其志，子路曰：「千乘之國，攝乎大國
之間，加之以師旅，因之以饑饉；由也爲之，比及三年，可使有勇，
且知方也。」夫子哂之。「求！爾何如？」對曰：「方六七十，如五
六十，求也爲之，比及三年，可使足民。如其禮樂，以俟君子。」
「赤！爾何如？」對曰：「非曰能之，願學焉。宗廟之事，如會同，
端章甫，願爲小相焉。」孔子問諸曾晢，對曰：「莫春者，春服既
成，冠者五六人，童子六七人，浴乎沂，風乎舞雩，詠而歸。」夫
子喟然歎曰：「吾與點也！」「浴乎沂，風乎舞雩，詠而歸」的曾子
亦即藝術地生活的典型標本，持有藝術人生論的孔子「與點」自是
當然之理。上編五大典型性心靈路徑中宋末四大詞人南宋時期亦同
樣以藝術人生、審美人生爲生命歸途，對此上編已有詳細論述，不
再贅言，姑引幾首詞以強化讀者的感性印象：

> 禁苑東風外，颺暖絲晴絮，春思如織。燕約鶯期，惱
> 芳情偏在，翠深紅隙。漠漠香塵隔。沸十里、亂弦叢笛。
> 看畫船，盡入西泠，閒卻半湖春色。　　柳陌。新煙凝碧。
> 映簾底宮眉，堤上游勒。輕暝籠寒，怕梨雲夢冷，杏香愁
> 冪。歌管酬寒食。奈蝶怨、良宵岑寂。正滿湖、碎月搖花，
> 怎生去得。（周密《曲遊春》）

「滿湖碎月搖花」滉漾出了生命中縷縷詩情，「春思如織」織出
了心中一片畫意，此等風華清靡的情景讓這班清流名士忘卻了覆巢之
下焉有完卵的古訓。

> 　　一片春愁待酒澆。江上舟搖。樓上簾招。秋娘度與泰
> 娘嬌。風又飄飄。雨又蕭蕭。　　何日歸家洗客袍。銀字
> 笙調。心字香燒。流光容易把人拋。紅了櫻桃。綠了芭蕉。
>
> （蔣捷《一翦梅》）

潘遊龍《古今詩餘醉》卷十一道：「末句兩用『了』字，有許多
悠悠忽忽意。」全詞諧婉美聽，詞人傾情於風雅倜儻之審美人生的趨
向昭然可見。

　　　　瓊妃臥月。任素裳瘦損，羅帶重結。石徑春寒，碧蘚
參差，相思曾步芳屟。離魂分破東風恨，又夢入、水孤雲
闊。算如今，也厭娉婷，帶了一痕殘雪。　　　猶記冰奩半
掩，冷枝畫未就，歸棹輕折。幾度黃昏，忽到窗前，重想
故人初別。蒼虯欲捲漣漪去，慢蛻卻，連環香骨。早又是，
翠陰蒙茸，不似一枝清絕。（王沂孫《疏影‧詠梅影》）

　　梅已屬世間絕無點塵的清雅存在，梅影更是如姑射山神人月下
靜靜凝神的身影，全詞清美絕倫矣。

　　呈現出藝術人生之美的篇章在張炎《山中白雲詞》中亦殊爲可
觀，如：

　　　　波蕩蘭觴，鄰分杏酪，畫輝冉冉烘晴。冒索飛仙，戲
船移景，薄遊也自恢人。短橋虛市，聽隔柳、誰家賣餳。
月題爭繫，油壁相連，笑語逢迎。

　　　　池亭小隊秦箏。就地圍香，臨水漸裙。冶態飄雲，醉
妝扶玉，未應閒了芳情。旅懷無限，忍不住、低低問春。
梨花落盡，一點新愁，曾到西泠。

　　不過宋末四大詞人以審美人生爲歸途的價值觀與孔子間有著不
可小視的差異，孔子既有在現世創闢藝術時空以棲居生命的觀念認知
和實際踐履，又有著對人世憂患苦難的擔當和辛苦奔走的此岸努力，
孔子並不是單向度的人，因此也便與宋末四大詞人南宋時期心靈視線
於藝術場域的一維投注有了境界上的高低之別。

　　如何獲得良好的在世生存質量，道家提出了與儒家相異的途徑，
莊子「著書十餘萬言」「以抵訾孔子之徒」﹝註8﹞，以破除儒者遵從的
「人間行爲之規矩準繩」﹝註9﹞，被層層規矩網縛的人被莊子以悲憫的
語氣稱爲「喪己於物，失性於俗」的「倒懸之民」（《莊子‧繕性》），
以莊子爲代表的道家欲砸爛所有的規矩鐐銬，使人類在規矩外收穫生

﹝註8﹞　〔漢〕司馬遷：《史記》，北京：中華書局，1959年版，第2143～2144
　　　　頁。
﹝註9﹞　王國維：《王國維文集》第三卷，北京：中國文史出版社，1997年版，
　　　　第108頁。

命的自由和快樂。葉維廉先生以「整體生命的收復」來形容道家的人
生目標，他說：「名、名分的應用，是一種語言的析解活動，爲了鞏固
權力而圈定範圍，爲了統治的方便而把從屬關係的階級身份加以理性
化，如所謂『天子』受命於天而有絕對的權威，如君臣、父子、夫婦
的尊卑關係（臣不能質疑君、子不能質疑父、妻不能質疑夫）如男尊
女卑等。道家覺得，這些特權的分封，尊卑關係的訂定，不同禮教的
設立，完全是爲了某種政治利益而發明，是一種語言的建構，至於每
個人生下來作爲自然體存在的本能本樣，都受到偏限與歪曲……所以
說，道家精神的投向，既是美學的也是政治的。政治上，他們要破解
封建制度下圈定的『道』（王道、天道）和名製下種種不同的語言建構，
好讓被壓抑、逐離、隔絕的自然體（天賦的本能本樣）的其它記憶復
蘇，引向全面人性，整體生命的收復。」〔註10〕「整體生命的收復」，
這便與莊子的逍遙遊境界意旨同歸了，《逍遙遊》一文是《莊子》全書
的總綱，學人張涅道：「從結構關係看，『內篇』的其它六篇是對《逍
遙遊》的思想展開，『外雜篇』又是對『內篇』的解說，補充，發展和
變異，由此構成了一個開放的擴展的建構和解構相統一的思想系統。」
〔註11〕「逍遙遊」思想是莊子的核心思想，生命之逍遙遊境界是莊子
對於生存狀態的最佳設計，是莊子對先秦人學思想所提供的美麗思維
結晶。學者對逍遙遊思想有著諸多詮解，郭象道：「夫小大雖殊，而放
於自得之場，則物任其性，事稱其能；各當其分，逍遙一也，豈容勝
負於其間哉！」〔註12〕王仲鏞說，「逍遙遊，是指的明道者……從必然
王國進入自由王國以後所具有的最高精神境界。」〔註13〕無礙的自由

〔註10〕 葉維廉：《道家美學與西方文化》，北京：北京大學出版社，2002 年
　　　　版，第 2 頁。

〔註11〕 張涅：《莊子解讀——流變開放的思想形式》，濟南：齊魯書社，2003
　　　　年版，第 44 頁。

〔註12〕 〔清〕郭慶藩著，王孝魚點校：《莊子集釋》，北京：中華書局，1961
　　　　年版，第 1～2 頁。

〔註13〕 王仲鏞：《莊子〈逍遙遊〉新探》，《中國哲學》，1980 年，第四輯，
　　　　第 152～164 頁。

和無往不適的自得是逍遙遊的根本意旨，人生無往不在束縛中、在悲劇性體驗的圍剿中，因此自由自得的生命之境是人類的永恒渴望。以「泛若不繫之舟，虛而遨遊」（《列禦寇》）的方式存在，「入水不濡，入火不熱」（《莊子·大宗師》），熱惱不侵，永住清涼之域，這便是《莊子》標示出的飛騰於人間束縛之上的逍遙遊境界，這樣的境界已然成爲了人類昂首翹望的美麗幻想。

　　莊子思想太過凌空蹈虛，很難落到現實地面上來，但它作爲另一進向中的燦爛願景，作爲一種精神烏托邦，對於此一進向中的生存者自有意義，人需要烏托邦就像人需要現實世界一樣，美國學者說：「烏托邦不是可以被取消的事物，而是與人一樣長期存在下去的事物」、「要成爲人，就意味著要有烏托邦，因爲烏托邦根植於人的存在本身……沒有烏托邦的人總是沉淪於現在之中，因爲現在只有處於過去和未來的張力之中才會充滿活力。」〔註14〕塵世中苦苦挣扎的生命在烏托邦世界的美麗光芒照耀下心生歡悅，心靈在仰望中已經獲得充分的慰籍了。儒道佛三教合流在宋代得以實現，宋詞人亦不可避免地深受莊學思想影響，在宋詞中我們常常會與莊子類意象覿面，上編典型性心靈路徑剖解過程中我們亦常可感受到莊學思想對作爲心靈標本的宋詞人的普遍性沾溉，此處擬綜觀之，「夜飲東坡醉復醒，歸來彷彿三更。家童鼻息已雷鳴。敲門都不應，倚杖聽江聲。　　長恨此生非我有，何時忘卻營營。夜闌風靜縠紋平。小舟從此逝，江海寄餘生。」（蘇軾《臨江仙》）蘇軾以夢視真的空漠情懷滿溢心胸時其自我救贖的重要思想資源之一便是莊學精神，《臨江仙》一詞中「長恨此生非我有，何時忘卻營營」之句便是莊子「吾身非吾有也，孰有之哉？」（《莊子·外篇·知北遊》）和「全汝形，抱汝生，勿使汝思慮營營」（《莊子·雜篇·庚桑楚》）之思想復合。辛棄疾詞中亦有著深濃的「漆園意趣」，詞人政治理想無償心灰意頹

〔註14〕〔美〕蒂利希著，成顯聰、王作虹譯：《蒂利希選集》，上海：三聯書店，1999 年版，第 134～136 頁。

時常籍莊子思想緩釋痛苦，如下詞詞心所示：「恨之極。恨極銷磨不得。萇弘事，人道後來，其血三年化爲碧。鄭人緩也泣。吾父攻儒助墨。十年夢，沉痛化餘，秋柏之間既爲實。　　相思重相憶。被怨結中腸，潛動精魄。望夫江上岩岩立。嗟一念中變，後期長絕。君看啓母憤所激。又俄頃爲石。　　難敵。最多力。甚一忿沉淵，精氣爲物。依然困斗牛磨角。便影入山骨，至今雕琢。尋思人世，只合化，夢中蝶。」辛棄疾本是愛國情熾之人，對形勢危如累卵的國家纏綿往復不能已的情感使他終日憂心如焚，在美麗蝴蝶於上空翩然飛舞的漆園中的漫步能夠在一定程度上使辛棄疾的生命苦痛得以舒緩、生命力得以回覆。再如年少氣銳「以一賦而得三朝之眷」的周邦彥最終仕宦生涯卻頗爲牢落，官冷心冷之人也擬借莊學思想爲消解良方，「悄郊原帶郭。行路永，客去車塵漠漠。斜陽映山落，斂餘紅、猶戀孤城闌角。凌波步弱，過短亭、何用素約。有流鶯勸我，重解繡鞍，緩引春酌。不記歸時早暮，上馬誰扶，醒眠朱閣。驚飆動幕。扶殘醉，繞紅藥。歎西園、已是花深無地，東風何事又惡。任流光過卻，猶喜洞天自樂。」（周邦彥《瑞鶴仙》）吳從先引李攀龍批語道：「自斟自酌，獨往獨來，其莊漆園乎？其邵堯叟乎？其葛天、無懷氏乎？」（《草堂詩餘雋》）……除這些心靈標本外，兩宋詞人受益於莊子的名單還可開列出一長串，可見莊學思想已契入了宋詞人的靈魂深處，人生得意時熄其不可一世的驕狂，人生失意時暖其淒黯枯冷的心懷，莊學思想在宋人的人格平衡上所起助力大矣。

二、殉身無悔
——論屈原與宋詞人對意義的不懈追問和上下求索

　　在梳理先秦時代對宋詞人心靈路徑影響因子的時候，三閭大夫屈原怎可忽略。詩歌《離騷》是屈原心路歷程最忠實反映的文本，我們可從中尋繹屈原的心靈發展軌跡，從中抉發屈原與宋詞人共通的靈魂因子。「路漫漫其修遠兮，吾將上下而求索」，《離騷》呈獻給

讀者一個主人公不懈追問、上下求索的靈魂世界。屈原渴求生命意義的實現，他將其設定為「美政」理想，聶石樵先生在《楚辭新注》中將屈原的「美政」概括為民本意識、舉賢授能、修明法度等幾個方面〔註15〕。「帝高陽之苗裔兮，朕皇考曰伯庸；攝提貞於孟陬兮，惟庚寅吾以降」，在《離騷》一文的開篇中屈原便將自己的出身與王族相聯繫，為王族的清明政治而努力、為楚國的興盛鞠躬盡瘁在他看來是理所當然的生命支點和生命意義的最佳落點。屈原以美人香草類芬芳美潔的事物構成了他文本中的象徵森林，以象徵美政理想之美，以象徵自身「紛吾既有此內美兮，又重之以修能」的高華美質，因其美故值得終身堅守，值得為之終身求索。「兩美其必合兮」（屈原《離騷》），屈原堅信美政理想一定能夠實現，他也曾經獲得過實現美政理想的大好時機，司馬遷《史記・屈原列傳》中記述道：屈原「博聞強志，明於治亂，嫻於辭令。入則與王圖議國事，以出號令；出則接遇賓客，以對諸侯，王甚任之。」那是屈原生命中最為意氣風發的一段嘉年華時光，但好景不長，「眾女疾余之蛾眉兮，謠諑謂余以善淫」（屈原《離騷》），在小人積毀銷骨的讒言離間下他失去了楚王的信賴倚重，被流放在外。「荃不察余之中情兮，反信讒而齌怒」（屈原《離騷》），對楚王的反覆無常屈原備感痛心，「初既與余成言兮，後悔遁而有他」、「余既不難夫離別兮，傷靈修之數化」（屈原《離騷》）。君王的信賴倚重之心難返，美政之路上的重重阻礙難以突破，可屬於個體的生命長度實在有限，屈原作品中因之充滿了求進的焦慮，如《離騷》一文中以「朝……夕……」構成的句式凡六次，「詩人緊張地投身於這一『現在式』中，『朝發軔於蒼梧兮，夕餘至於縣圃。欲少留此靈瑣兮。日忽忽其將暮。』在時光之流中沉浮、激蕩、衝進、搏擊是《離騷》主人公的一個最基本形象特徵。」〔註16〕

〔註15〕聶石樵：《楚辭新注》，上海：上海古籍出版社，1980 年版，第 3 頁。
〔註16〕胡小明：《中國詩學精神》，南昌：江西人民出版社，1997 年版，第 240 頁。

屈原無論如何再不能回到楚王身邊爲楚國繼續效力了，美政理想越發遙遙無期了，他只能終日形容憔悴地在遠離政治場的澤畔行吟，邊行吟邊叩問，他叩問上蒼，爲何現實是「蟬翼爲重，千斤爲輕；黃鐘毀棄，瓦釜雷鳴；讒人高張，賢士失名」之上下顛倒（屈原：《離騷》），他叩問靈魂，「國無人莫我知兮，又何懷乎故都」？他不斷地叩問，在屈原的另一篇作品《天問》中作者更是上叩天、下問地、中詢己，叩問了無數問題。這無數的叩問從靈魂深處最終叩問出的結論是「雖體解吾猶未變兮，豈餘心之可懲」、「亦餘心之所善兮，雖九死其猶未悔」，無論如何他都不能容許自己以「內修外美」的生命美質無所作爲地苟活於世，無論如何他都不能讓自己走上一條與預設的「美政」生命理想背道而弛的道路。劉熙載釋屈原《惜誓》的篇名道：「釋以爲惜者，惜己不遇於時，誓者，誓己不改所守。」〔註 17〕一旦選擇了生命支點，無論現實際遇如何都終身執守不離不棄，爲之上下求索而無怨無悔。冷成金在《論蘇軾對屈原詩學精神的繼承及意義》一文中稱其爲生命的詩性質地：「屈原不是把『黃鐘毀棄，瓦釜雷鳴』、『伏清白以死直兮』看成是偶然的歷史現象，而是已經認識到了這種現象的歷史必然性。在《離騷》的後半部分屈原唱道：『世溷濁而嫉賢兮……余焉能忍而與此終古！』詩人不希望看到自己的理想因個人生命的短暫而消失。他堅信理想的永恒，並願爲理想付出任何代價。因此我們說，在屈原的文格與人格高度統一的基礎上，屈原的『惜誦以致愍兮，發憤以抒情』指明的正是詩性人生的本質特徵，也是詩歌的本質特徵，即追求文化理想的永恒，追求對現實的審美超越。這正是從人的詩性自身去理解人、定義人，也是從文學自身去定義文學的本質屬性。」〔註 18〕允爲的論。

〔註 17〕劉熙載：《藝概》，上海：上海古籍出版社，1978 年版，第 96 頁。
〔註 18〕冷成金：《論蘇軾對屈原詩學精神的繼承及意義》，《中國人民大學學報》，2006 年，第 5 期，第 144～145 頁。

　　「對自我與社會的雙重固持」的生命態度與「自我與社會不能相融」的現實之間無法調合的衝突撕裂了屈原的靈魂，他面臨著難以跨越的生命深淵，只能選擇赴水而去的人生結局，用生命來祭奠他的美政理想，「以他的固持……以他的死……以他的生命來實現他對自己的精神承諾」，表達他「對自我與社會能夠契合的精神渴望」〔註19〕，赴水而去的屈原把他的理想、困惑和堅守全都留存在文字裏，這些文字勾畫出了屈原一生的心路歷程，其中沒有半點屈己從人的卑下，沒有絲毫與世沉浮的苟且，沒有丁點同流合污的不潔，我們從中觀照到的是一個爲理想追問不休、求索不已的靈魂。屈原以其高華的生命色彩和同樣質地的文字成爲中華文明史上的界標式存在，歷代而下美譽紛紜，「若《離騷》可謂兼之矣……其文約，其辭微，其志潔，其行廉，其稱文小，而其指極大，舉類邇而見義遠。其志潔，故其稱物芳，其行廉，故死而不容自疏。濯淖污泥之中，蟬蛻於濁穢，以浮游塵埃之外，不獲之茲垢，皭然泥而不滓者也。推此志也，雖與日月爭光可也。」（《史記‧屈原列傳》）「人臣之義，以忠正爲高，以伏節爲賢，古有危言以存國，殺身以成仁，是以伍子胥不恨於浮江，比干不恨於剖心，然後忠立而行成，榮顯而名著。若夫懷道以迷國，佯愚而不言，顚則不能扶，危則不能安，婉娩以順上，逡巡以避患，雖保其黃耇，終壽百年，蓋志之所恥，愚夫之所賤也。今若屈原，膺忠貞之質，體清潔之性，直若砥矢，言若丹青，進不隱其謀，退不顧其命，此誠絕進之行，俊彥之英也。」（王逸《楚辭章句序》）

　　屈原尤受宋人仰慕，蘇軾說：「違國去俗死而不顧兮，豈不足以勉於後世」（蘇軾《屈原廟賦》），辛棄疾云：「千古《離騷》文字，芳至今，猶未歇」（辛棄疾《喜遷鶯‧暨臣賦芙蓉詞見壽‧用韻爲詩》），

〔註19〕王德華：《屈騷精神及其文化背景研究》，北京：中華書局，2004 年版，第 12 頁。

朱熹道：「其志行雖或過於中庸而不可爲法，然皆出于忠君愛國之誠心。」（朱熹《楚辭集注》序文）宋代對以屈原爲代表作家的楚辭的研究堪稱兩漢以後楚辭學的第二座高峰，《宋史·藝文志》著錄了《楚辭》類著作 12 部，除屈原等撰的《楚辭》十六卷和王逸《楚辭章句》十七卷外，其餘皆宋人作品。姜亮夫先生所著的《楚辭書目書種》中輯得宋人著作凡 16 家 22 種〔註 20〕，另有圖譜 7 家 9 種，李誠、熊良智主編的《楚辭評論集覽》一書從《四庫全書》等處集得宋人楚辭評論 80 餘家凡 200 餘次。除這些集中收錄的歷史文獻外，宋朝還有一些零零星星的宋人寫就的關於屈原的散在文章，如楊萬里的《天問天對解》，晁補之的《續離騷序》《變離騷序》，吳仁傑的《離騷草木疏》，謝翺的《芳草譜》，蘇軾的《屈原塔》，《屈原廟賦》《答謝民師書》等。仰慕之，趨奉之，亦不自覺地內化之，屈原堅執人生理想上下求索的生命態度已內化在了深心喜愛屈原的宋人文化心理中，在潛意識層面影響著他們的生命觀和人生路途的選擇。在上編鱗選的那些宋詞人心靈標本中，就有不少像屈原那樣尋找到生命支點後執守著不離不棄上下求索的例子，如「天與多情，不與長相守——以晏幾道、吳文英、姜夔、李清照、朱淑眞爲例發顯宋詞人的情殤煎熬和自贖路徑」之章節中晏幾道等人的情愛執著，封建時代的讀書人絕大多數都以世俗功名、富貴榮華爲生命重心，晏幾道、姜夔、吳文英這三位男性卻獨奏異響，以愛情爲個人生命的重要支點，終身情執不求相思脫解，「小令尊前見玉簫。銀燈一曲太妖嬈。歌中醉倒誰能恨，唱罷歸來酒未消。　　春悄悄，夜迢迢。碧雲天共楚宮遙。夢魂慣得無拘檢，又踏楊花過謝橋。」（晏幾道《鷓鴣天》）邵博《邵氏聞見後錄》卷十九云：「程叔微云：伊川（程頤）聞誦叔原『夢魂慣得無拘檢，又踏楊花過謝橋』長短句，笑曰：『鬼語也。』意亦賞之。」鬼語實是情至語，情至語感發出了人心原有之本眞共性，故就連這些理學家們也暗自稱許晏詞之佳妙、「燕燕輕盈，鶯鶯

〔註 20〕姜亮夫：《楚辭書目書種》，北京：中華書局，1993 年版。

嬌軟。分明又向華胥見。夜長爭得薄情知，春初早被相思染。　　別
後書辭，別時針線。離魂暗逐郎行遠。淮南皓月冷千山，冥冥歸去
無人管。」（姜夔《踏莎行》）唐圭璋先生說：「此首元夕感夢之作。
起言夢中見人，次言春夜思深。換頭言別後之難忘，情亦深厚。書
辭針線，皆伊人之情也。天涯飄蕩，睹物如觀見人，故曰『離魂暗
逐郎行遠』。『淮南』兩句，以景結，境既淒黯，語亦挺拔。昔晁叔
用謂東坡詞『如王嬙、西施，淨洗卻面，與天下婦人鬥好』，白石亦
猶是也。劉融齋謂白石『在樂則琴，在花則梅，在仙則藐姑冰雪』，
更可知白石之淡雅在東坡之上。」〔註21〕此處唐圭璋先生對姜白石
歡賞不置，品語是否過當姑且不論，若就詞中蘊有的執著沉厚、纏
綿悱惻的深情而言，對之褒之譽之亦屬當然；再如「回首天涯歸夢，
幾魂飛西浦，淚灑東州——以多位心靈標本為例傾聽宋詞人的國殤
靈歌和自贖和聲」一章中張元幹、張孝祥、辛棄疾、陸游等人為抗
金復國志願殉身無悔地努力，在投降派佔據了朝廷主流話語的南
宋，這些愛國志士們堅執抗戰派旗幟英勇奮鬥而不論代價：

> 羽箭雕弓，憶呼鷹古壘，截虎平川。吹笳暮歸，野帳
> 雪壓青氈。淋漓醉墨，看龍蛇、飛落蠻箋。人誤許，詩情
> 將略，一時才氣超然。　　何事又作南來，看重陽藥市，
> 元夕燈山。花時萬人樂處，欹帽垂鞭。聞歌感舊，尚時時、
> 流涕尊前。君記取，封侯事在，功名不信由天。（陸游《漢宮
> 春·初自南鄭來成都作》）

> 雨急雲飛，驚散暮鴉，微弄涼月。誰家疏柳低迷，幾
> 點流螢明滅。夜帆風駛，滿湖煙水蒼茫，菰蒲零亂秋聲咽。
> 夢斷酒醒時，倚危檣清絕。　　心折。長庚光怒，群盜縱
> 橫，逆胡猖獗。欲挽天河，一洗中原膏血。兩宮何處，塞
> 垣只隔長江，唾壺空擊悲歌缺。萬里想龍沙，泣孤臣吳越。
> （張元幹《石州慢·己酉秋吳興舟中作》）

〔註21〕吳熊和：《唐宋詞彙評》，杭州：浙江教育出版社，2004 年版，第 2744
　　　頁。

　　如陸游、張元幹類的愛國志士們站立在皇帝的對立面，與以皇帝爲首的多數人進行博弈，這在封建社會該需要多大的勇氣，無論成敗如何，已然是中華青史圖冊上當仁不讓的英雄了。

　　對意義的詢問和執守給生命航船增添了壓艙的力量，否則靈魂無以自主飄來蕩去的空心人便成了命運戲弄的玩具了，生命將會體味著不能承受之輕，人的一生也會因此變得虛幻無實不知所云，只有像屈原、辛棄疾、晏幾道、吳文英、姜夔等這樣終身堅守著生命支點永不放棄始終求索的人才能成爲天地間的響亮存在，而不會被時代之胃消化掉。

三、情靈搖蕩
──論《詩經》和宋詞人的愛情話語

　　「厚地高天，堪歎古今情不盡；癡男怨女，可憐風月債難償」（《紅樓夢》第一回），先民吟唱的古歌《詩經》中愛情已成爲了主旋律之音，朱熹《詩集傳》認爲《國風》中有 54 首係男女之事，王宗石《詩經分類詮釋》認爲《國風》中有 52 首愛情詩，20 首婚姻嫁聚詩，25 首家庭生活詩，《雅》中有 8 首婚姻家庭詩，合計達 105 首，超過《詩經》總數的三分之一。〔註22〕詩經中的愛情篇章不僅佔據著較大比重，而且是詩經全部作品中最爲晶光照人的部分，鄭振鐸說：「在全部《詩經》時代，戀歌可以說是最晶瑩的圓珠圭璧──他們的光輝竟然照得全部《詩經》都金碧輝煌起來。」〔註23〕但從兩漢至唐的經學時代，經學家們卻多以政教美刺解說《詩經》中的戀歌，甚至以詩附史，「青青子衿，悠悠我心，縱我不往，子寧不嗣音？青青子佩，悠悠我思，縱我不往，子寧不來？挑兮達兮，在城闕兮，一日不見，如三月兮。」（《詩經·鄭風·子衿》）對於《鄭

〔註22〕王宗石：《詩經分類詮釋》，長沙：湖南教育出版社，2001 年版。
〔註23〕鄭振鐸：《插圖本中國文學史》第 1 冊，北京：人民文學出版社，1957 年版，第 48～49 頁。

風》中的這首思念情侶的動人戀歌，《毛詩序》卻如此解釋道：「刺
學校廢也。亂世則學校不修焉。」婚戀詩被這些強作解事者覆蓋上
了層層疊疊的、各式各樣的注解灰塵，戀歌的眞面目被遮蓋無餘。
宋學者在一定程度上恢復了《詩經》中婚戀詩的本來面目，「所謂風
者，多出於里巷歌謠之作，所謂男女相與詠歌，各言其情者也。」
（朱熹《詩集傳》序）《詩經》中的這些「圓珠圭璧」慢慢洗淨了附
著於其上的注解灰塵，散發出了原有的動人輝光。《詩經》中的情歌
吟唱與宋詞中的愛情話語遙相呼應，既有愛情惝恍美妙的高峰體驗
描寫，又有「傷心人」愛而不得其愛、愛而失其所愛的情殤苦況言
說，既有愛人短別時的離愁輕歡，又有天人永隔時的痛斷心魂……
這一條充滿眞摯情思的愛情靈河從《詩經》流入宋詞，再從宋詞一
路流淌下去，流進了現代人的文本中。

　　「關關雎鳩，在河之洲。窈窕淑女，君子好逑。參差荇菜，左
右流之。窈窕淑女，寤寐求之。求之不得，寤寐思服。悠哉悠哉，
輾轉反側。參差荇菜，左右采之。窈窕淑女，琴瑟友之。參差荇菜，
左右芼之。窈窕淑女，鐘鼓樂之。」（《詩經·關雎》）詩經開篇便是
這首表達男女和合企願的《關雎》，《讀風偶識》評《關雎》道：「細
玩此篇，乃君子自求良配，而他人代寫其哀樂之情耳。蓋先儒誤以
夫婦之情爲私，是之曲爲之解，不知情之所發，五倫爲最，五倫始
於夫婦，故十五國風中，男女夫婦之言尤多。」「食色，性也」（《孟
子·告子上》）、「飲食男女，人之大欲存焉」（《禮記·禮運》），樸白
的話語言說著生命的大道理、眞精神，尚未受過太多文明浸染的先
民們哼唱出的國風中戀歌爲其主旋律自是理所當然。「東門之池，可
以漚麻。彼美淑姬，可與晤歌。東門之池，可以漚紵。彼美淑姬，
可與晤語。東門之池，可以漚菅。彼美淑姬，可與晤言」（《詩經·
陳風·東門之池》）、「野有蔓草，零露漙兮。有美一人，清揚婉兮。
邂逅相遇，適我願兮。野有蔓草，零露瀼瀼。有美一人，婉如清揚。
邂逅相遇，與子偕臧」（《詩經·鄭風·野有蔓草》）、「有女同車，顏

如舜華。將翱將翔，佩玉瓊琚。彼美孟姜，洵美且都。有女同行，顏如舜英。將翱將翔，佩玉將將。彼美孟姜，德音不忘。」(《詩經‧鄭風‧有女同車》)「婉如清揚」、「顏如舜英」的生命美質感發了異性「可與晤語」、「與子偕臧」的渴求，行筆至此，晏幾道、姜夔、吳文英、李清照、朱淑真等詞人的相關詞篇頓然躍入腦海，

> 夢後樓臺高鎖，酒醒簾幕低垂。去年春恨卻來時。落花人獨立，微雨燕雙飛。記得小蘋初見，兩重心字羅衣。琵琶弦上說相思。當時明月在，曾照彩雲歸。(晏幾道《臨江仙》)

> 雙槳來時，有人似、舊曲桃根桃葉。歌扇輕約飛花，蛾眉正奇絕。春漸遠、汀洲自綠，更添了、幾聲啼鴂。十里揚州，三生杜牧，前事休說。　又還是、宮燭分煙，奈愁裏、匆匆換時節。都把一襟芳思，與空階榆莢。千萬縷、藏鴉細柳，爲玉尊、起舞回雪。想見西出陽關，故人初別。(姜夔《琵琶仙》)

「蛾眉正奇絕」，縱然是天邊彩雲又如何能媲美眼中的情人，實無可形容也，「大喬、能撥春風，小喬妙移箏」，同爲藝術人生的趨奉者，故堪爲紅塵中的靈魂伴侶。「愛美之心，人皆有之」，愛之，渴望親近之，相與之，並進而希求日日耳鬢廝磨，終生相依相守，先民如此，宋人亦然。

人類本爲自然之子，在大自然的感召下人更易覺察靈魂深處的需要，「雄雉於飛，泄泄其羽。我之懷矣，自詒伊阻。雄雉于飛，下上其音。展矣君子，實勞我心。瞻彼日月，悠悠我思。道之云遠，曷云能來？百爾君子，不知德行。不忮不求，何用不臧。」(《詩經‧邶風‧雄雉》)《詩總聞》評道：「季冬節爲雉始雊，今飛鳴如此，當是春深。婦人感春暮而動心。所謂有女懷春者也」。春暮時分癡男怨女們易生發人生之春何其短也的內心情思，可生命還沒有在異性知己眼中心中身體中盛開過，心中悵惘一何深哉！春天也是精神分析學家弗洛伊德所說人之力比多最活躍最興奮的季節，兩性和合企願

在此時節最易被激發，先秦時代便有著這樣合乎人性人情的條令：
「中春之月，令會男女。於是時也，奔者不禁。若無故不用令者，
罰之，司男女之無夫家者會之。」((《周禮‧媒氏》)) 上編「天與多
情，不與長相守——以晏幾道、吳文英、姜夔、李清照、朱淑眞爲
例發顯宋詞人的情殤煎熬和自贖路徑」之章中曾討論過朱淑眞情詞
中的春天鳴奏曲，此處將相關詞篇摘引如下：

> 春已半。觸目此情無限。十二闌干閒倚遍。愁來天不
> 管。　　好是風和日暖。輸與鶯鶯燕燕。滿院落花簾不卷。
> 斷腸芳草遠。(《謁金門‧春半》)

> 獨行獨坐。獨倡獨酬還獨臥。佇立傷神。無奈輕寒著
> 摸人。　　此情誰見。淚洗殘妝無一半。愁病相仍。剔盡
> 寒燈夢不成。(《減字木蘭花‧春怨》)

> 樓外垂楊千萬縷。欲繫青春，少住春還去。猶自風前
> 飄柳絮。隨春且看歸何處。　　綠滿山川聞杜宇。便做無
> 情，莫也愁人苦。把酒送春春不語。黃昏卻下瀟瀟雨。(《蝶
> 戀花‧送春》)

> 辦取舞裙歌扇，賞春只怕春寒。捲簾無語對南山。已
> 覺綠肥紅淺。　　去去惜花心懶，踏青閒步江干。恰如飛
> 鳥倦知還。澹蕩梨花深院。(《西江月‧春半》)

朱淑眞賞春、惜春、怨春等幾個聲部既是作者對四季流轉中春
季的情緒詠歎調，更是處於嬌豔蓬勃青春期的女詞人自珍自賞、自
憐自歎、自怨自艾之複雜感懷的詠歎調，女詞人的靈魂和身體在春
天被充分激活了。

「蘀兮蘀兮，風其吹女。叔兮伯兮，倡予和女。蘀兮蘀兮，風
其漂女。叔兮伯兮，倡予要女。」(《詩經‧鄭風‧蘀兮》)「風雨凄
凄，雞鳴喈喈，既見君子。云胡不夷？風雨瀟瀟，雞鳴膠膠。既見
君子，云胡不瘳？風雨如晦，雞鳴不已。既見君子，云胡不喜？」
(《詩經‧鄭風‧風雨》)天光蒼然、萬物漸顯肅殺氣象的秋季亦是
一個易於牽動兒女情腸的季節，秋風秋雨易於引逗出風雨人生的寒

涼感，在這個季節人會愈益渴望兩性和合的暖意。「薄霧濃雲愁永晝。瑞腦消金獸。佳節又重陽，玉枕紗廚，半夜涼初透。　　東籬把酒黃昏後。有暗香盈袖。莫道不消魂，簾卷西風，人似黃花瘦。」（李清照《醉花陰》）夜涼如水，心更寒涼，愁心欲醉，相思魂銷，情感在思念中堆積。「尋尋覓覓，冷冷清清，淒淒慘慘戚戚。乍暖還寒時候，最難將息。三杯兩盞淡酒，怎敵他、晚來風急。雁過也，正傷心，卻是舊時相識。　　滿地黃花堆積。憔悴損，如今有誰忺摘。守著窗兒，獨自怎生得黑。梧桐更兼細雨，到黃昏、點點滴滴。這次第，怎一個、愁字了得」（李清照《聲聲慢》），蕭殺之秋「滿地黃花堆積，憔悴損」，如此情景怎能不勾起喪夫後的李清照「這次第，怎一個、愁字了得」的心靈巨慟，怎能不讓她備加懷念和趙明誠在一起時彼此間同志加愛人式的別一般況味的溫暖愛情，

　　相愛者初入伊甸園時品嘗著愛情妙不可言的滋味，靈魂的歡悅在相會的甜美吟唱中盡顯無遺，「靜女其姝，俟我於城隅。愛而不見，搔首踟躕。靜女其孌，貽我彤管。彤管有煒，說懌女美。自牧歸荑，洵美且異。匪女之為美，美人之貽。」（《詩經·邶風·靜女》）情溺中人甚至進入了非理性的彎曲時空，「彼采葛兮，一日不見，如三月兮！彼采蕭兮，一日不見，如三秋兮！彼采艾兮！一日不見，如三歲兮！」（《詩經·王風·采葛》）在宋詞人吳文英的詞作中我們也曾瞠目於癡情者的彎曲時空，「聽風聽雨過清明。愁草瘞花銘。樓前綠暗分攜路，一絲柳、一寸柔情。料峭春寒中酒，交加曉夢啼鶯。西園日日掃林亭。依舊賞新晴。黃蜂頻撲秋韆索，有當時、纖手香凝。惆悵雙鴛不到，幽階一夜苔生。」（吳文英《風入松》）這樣的彎曲時空可用愛因斯坦的相對論來解釋，愛因斯坦曾經用一個幽默的比喻來說明他的相對論，如果你和一個美麗的女子在一起半個小時，你會感覺到只有幾分鐘；如果你坐在火爐上幾分鐘，你會以為是半個小時，其實一切都是心理感覺在起著扭變作用，這樣的扭變作用也發生於晏幾道的《留春令》一詞中：「畫屏

天畔，夢回依約，十洲雲水。手撚紅牋寄人書，寫無限、傷春事。

　　別浦高樓曾漫倚。對江南千里。樓下分流水聲中，有當日、憑高淚。」「綢繆束薪，三星在天。今夕何夕，見此良人？子兮子兮，如此良人何？綢繆束芻，三星在隅。今夕何夕，見此邂逅？子兮子兮，如此邂逅何？綢繆束楚，三星在戶。今夕何夕，見此粲者？子兮子兮，如此粲者何？」（《詩經‧唐風‧綢繆》）倘若和合願望得償，洞房花燭夜面對著眼中其美不可方物的意中佳人，盛大的欣悅之情和不可言說的怡悅感會使其如同置身雲端，甚或會有手足無措之感。宋詞人也有此番高峰體驗的美妙言說，如：「彩袖殷勤捧玉鍾，當年拚卻醉顏紅。舞低楊柳樓心月，歌盡桃花扇底風」（晏幾道《鷓鴣天》）、「舊時月色，算幾番照我，梅邊吹笛？喚起玉人，不管清寒與攀摘。……長記曾攜手處，千樹壓西湖寒碧。又片片吹盡也，幾時見得？」（姜夔《暗香》）、「十載西湖，傍湖繫馬，趁嬌塵軟霧。遡紅漸招入仙溪，錦兒偷寄幽素。倚銀屏、春寬夢窄，斷紅濕歌紈金縷。暝堤空，輕把斜陽，總還鷗鷺……長波妒盼，遙山羞黛，漁燈分影春江宿」（吳文英《鶯啼序》）

　　倘若和合願望無償，生命便陷入痛苦淤泥中難以自拔，「彼澤之陂，有蒲與荷。有美一人，傷如之何？寤寐無為，涕泗滂沱。彼澤之陂，有蒲與蕑。有美一人，碩大且卷。寤寐無為，中心悁悁。彼澤之陂，有蒲菡萏。有美一人，碩大且儼。寤寐無為，輾轉伏枕。」（《詩經‧陳風‧澤陂》）「月出皎兮。佼人僚兮。舒窈糾兮。勞心悄兮。月出皓兮。佼人懰兮。舒憂受兮。勞心慅兮。月出照兮。佼人燎兮。舒夭紹兮。勞心慘兮。」（《詩經‧陳風‧月出》）有美一人，如月光皓魄般瑩白可愛，可無從一親芳澤以解相思之苦，更無從實現「執子之手，與爾偕老」的相守企願，而視線留轉處的物卻能相依，相愛之人卻只能如此遙遙相望，於是寢食皆廢，憂心如醉，終日腸中車輪轉。宋詞人晏幾道與其所愛的友人家的歌女亦同樣咀嚼著相思苦果，歌女們流散各地，為之繾綣情牽的詞人晏幾道再難觀

其麗姿翩躚、聽其如簧嬌語了,「兩重心字羅衣,琵琶弦上說相思」
(晏幾道《臨江仙》)之昔日歡愛已成夢中景、心頭傷了。姜夔與合
肥琵琶女間的情緣亦只能留存在過往記憶中,而沒有在現實中兌現
的可能,令詞人爲之銷魂幾十載,,「見梅枝,忽相思」《江梅引》、
「相思血,都沁綠筠枝」《小重山令》、「兩處沉吟各自知」《踏莎行》、
「算空有並刀,難剪離愁千縷」《長亭怨慢》。

　　「南有喬木,不可休息。漢有遊女,不可求思。漢之廣矣,不
可泳思。江之永矣,不可方思。翹翹錯薪,言刈其楚。之子于歸,
言秣其馬。漢之廣矣,不可泳思。江之永矣,不可方思。翹翹錯薪,
言刈其蔞。之子于歸。言秣其駒。漢之廣矣,不可泳思。江之永矣,
不可方思。」(《詩經・漢廣》)以水象徵情感阻厄,在水邊傾訴著綿
長的思念與熱切的和合渴望,爲什麼《詩經》中常以水比擬阻厄,
有學者解釋道,「首先水限制了異性之間的隨意接觸,在這一點上它
服從於禮義的需要和目的,於是它獲得了與禮義相同的象徵意味,
其次也正因爲水的禁忌作用,也使水成爲人們寄託相互思慕之情的
地方。」〔註24〕《詩經》中在水邊慨歎愛而不得其愛的佳作還有另
外一首更是風神搖曳的名篇《蒹葭》,「蒹葭蒼蒼,白露爲霜。所謂
伊人,在水一方,溯洄從之,道阻且長。溯游從之,宛在水中央。
蒹葭萋萋,白露未晞。所謂伊人,在水之湄。溯洄從之,道阻且躋。
溯游從之,宛在水中坻。蒹葭采采,白露未已。所謂伊人,在水之
涘。溯洄從之,道阻且右。溯游從之,宛在水中沚。」(《詩經・秦
風・蒹葭》)蒹葭之白,白露之白,水光之白,對心中至愛仰望時的
心性之白,使得整篇文字散發出如一小束月光般的潔白清透雅韻。
《詩志》評道:「《國風》第一篇飄渺文字。極纏綿,極惝恍,純是
情,不是景;純是窈遠,不是悲壯。感慨情深,在悲秋懷人之外,
可思不可言。蕭疏曠遠,情趣極佳。」陸侃如在《中國詩史》中稱

〔註24〕傅道彬:《中國生殖崇拜文化論》,武漢:湖北人民出版社,1990 年
　　　版,第 59 頁。

其魅力之大令人「讀了百遍還不厭」，《蒹葭》已成爲了經時間淘洗留存下來的藝術經典之一，至今仍有人將之譜曲吟唱。

　　先秦時代有些地方尚未受到禮法約束，還保留著青年男女自由擇偶的古老遺風，如《邶風・靜女》《鄭風・野有蔓草》等篇章就是如此古老遺風的反映。而《詩經》中的另外一些詩篇則說明斯時部分青年男女的婚姻已受到了「父母之命，媒妁之言」之類的禮教約束，《邶風・柏舟》《豳風・伐柯》中的情形正如此。「男女之別，國之大節也」（《左傳・莊公二十四年》），男女間的交往漸漸失去了自由，《禮記》對男女行爲做出了種種規定，如「男女不雜坐」（《禮記・曲禮》）、「男女不交爵，男女不同席而坐」（《禮記・坊記》）、「男女不通衣裳」（《禮記・內則》）、「男女非有行媒不相知名」（《禮記・曲禮》），這類抑制人類發乎天性的情感原欲的禮教言論開始越來越多地堆積在中華民族的歷史通道中，開始了它們對人類自然情慾的絞殺歷程。「將仲子兮，無逾我里，無折我樹杞。豈敢愛之？畏我父母。仲可懷也，父母之言亦可畏也。將仲子兮，無逾我牆，無折我樹桑。豈敢愛之？畏我諸兄。仲可懷也，諸兄之言亦可畏也。將仲子兮，無逾我園，無折我樹檀。豈敢愛之？畏人之多言。仲可懷也，人之多言亦可畏也。」（《詩經・將仲子》）這首詩明言阻厄對象，女子在禮教禁令和愛人呼喚間搖擺不定，晏幾道和姜夔不能與傾心的歌女結爲百年之好長相守，朱淑眞不能嫁給生命中的眞愛，不也是因著禮教的阻梗嗎？恰如孫壽齋爲朱淑眞詩集作序跋時所言：「嘗聞齊大非偶，春秋所譏。女謀佳匹，古人所尙……然天下之事得其對者，至爲罕見……每思至此，可爲太息。有如朱淑眞，稟嘲風弄月之才，負陽春白雪之句……可謂出群之標格矣，夫何耦非其佳，而匹非其良……深爲可惜。」〔註25〕他們不得不聽憑命運的無常之手將心中至愛帶到其視線難及的遠方，視線難及而心靈視線卻始終徘徊難

―――――――――――

〔註25〕孫壽齋《朱淑眞集》後序，轉引自張璋黃校注《朱淑眞集》附錄三，第 304 頁。

去，這便造成了詞人終身的相思情苦，恰如朱淑眞《江城子‧賞春》一詞的詞心所示：「斜風細雨作春寒。對尊前。憶前歡。曾把梨花，寂寞淚闌干。芳草斷煙南浦路，和別淚，看青山。　昨宵結得夢夤緣。水雲間。悄無言。爭奈醒來，愁恨又依然。展轉衾裯空懊惱，天易見，見伊難。」《江城子‧賞春》。

　　情之阻厄不光來自於外界，有時還可能源於情變，愛情天平失衡了，一方已走出了愛情，還留在原位的剩者便陷入了荒誕和茫然無措的痛苦中，這是最無從寬解的一種情殤形式，「式微式微，胡不歸？微君之故，胡爲乎中露！式微式微，胡不歸？微君之躬，胡爲乎中！」（《詩經‧邶風‧式微》）「彼狡童兮，不與我言兮。維子之故，使我不能餐兮。彼狡童兮，不與我食兮。維子之故，使我不能息兮。」（《詩經‧鄭風‧狡童》）「鴥彼晨風，鬱彼北林。未見君子，憂心欽欽。如何如何，忘我實多！山有苞櫟，隰有六駁。未見君子，憂心靡樂。如何如何，忘我實多！山有苞棣，隰有樹檖。未見君子，憂心如醉。如何如何，忘我實多！」（《詩經‧秦風‧晨風》）此類情殤形式在宋詞中罕睹，這是《詩經》與宋詞中戀歌的相異之處。

　　情殤煎熬下的傷心人何以自處？《詩經》中可見各種回答，「籊籊竹竿，以釣于淇。豈不爾思？遠莫致之。泉源在左，淇水在右。女子有行，遠兄弟父母。淇水在右，泉源在左。巧笑之瑳，佩玉之儺。淇水滺滺，檜楫松舟。駕言出遊，以寫我憂。」（《詩經‧衛風‧竹竿》）「采采卷耳，不盈頃筐。嗟我懷人，寘彼周行。陟彼崔嵬，我馬虺隤。我姑酌彼金罍，維以不永懷。陟彼高岡，我馬玄黃。我姑酌彼兕觥，維以不永傷。陟彼砠矣，我馬瘏矣，我僕痡矣，云何吁矣。」（《詩經‧周南‧卷耳》）言飲酒出遊以思排遣也，概是不願以「爲伊消得人憔悴」的萎黃姿容迎接或許有朝一日的歡聚，相反渴望以如奮然美盛的東方之日的飛揚神采等待愛人的歸來。以酒爲相思情苦時的排遣之具在宋詞人中亦是常見之法，晏幾道詞中的「酒」字「醉」字俯拾即是，「淺酒欲邀誰勸，深情惟有君知」（《臨江仙》）、「酒筵歌席莫辭頻。

爭如南陌上，占取一年春。」（《臨江仙》）、「新酒又添殘酒困。今春不減前春恨。」（《蝶戀花》）、「鬥鴨池南夜不歸。酒闌紈扇有新詩」（《鷓鴣天》）、「無計奈情何，且醉金杯酒。」（《生查子》）、「歸來紫陌東頭。金釵換酒消愁」（《清平樂》）……只是酒的緩釋之力對於情深思苦的晏幾道來說排遣效果甚微，且看他詞中所言：「若問相思甚了期。除非相見時」（晏幾道《長相思》）。

　　《詩經》中也有反其道而行之者，「伯兮朅兮，邦之桀兮。伯也執殳，為王前驅。自伯之東，首如飛蓬。豈無膏沐？誰適為容！其雨其雨，杲杲出日。願言思伯，甘心首疾。焉得諼草？言樹之背。願言思伯。使我心痗。」（《詩經・衛風・伯兮》）寧願日夜浸漬於相思煎熬中不思脫解，「心痗」、「首疾」亦甘而受之，概是源於在相思之極苦中同時品嘗到了極樂，自感對比那些無愛之人命運厚賜愛情已是生命的福祉了。這種全身心浸漬於相思情苦中一邊煎熬自己、一邊滋潤自己的的做法，亦是宋詞人晏幾道、姜夔、吳文英等人的常見做法，如以下這幾首詞的詞心所示：

生查子
晏幾道

關山夢魂長　　魚雁音塵少　　兩鬢可憐青　　只為相思老
歸夢碧紗窗　　說與人人道　　真個別離難　　不似相逢好

三姝媚

過都城舊居，有感

吳文英

　　湖山經醉慣。漬春衫、啼痕酒痕無限。又客長安，歎斷襟零袂，涴塵誰浣？紫曲門荒，沿敗井、風搖青蔓。對語東鄰，猶是曾巢，謝堂雙燕。春夢人間須斷。
　　但怪得當年，夢緣能短！繡屋秦箏，傍海棠偏愛，夜深開宴。舞歇歌沉，花未減、紅顏先變。佇久河橋欲去，斜陽淚滿。

踏莎行

自沔東來，丁未元日至金陵，江上感夢而作

姜夔

燕燕輕盈，鶯鶯嬌軟。分明又向華胥見。夜長爭得薄情知，春初早被相思染。

別後書辭，別時針線。離魂暗逐郎行遠。淮南皓月冷千山，冥冥歸去無人管。

「越間阻越情忪」〔註26〕大概是人類的普遍心理現象（白樸〔中呂〕《陽春曲・題情》），愛情阻隔使得愛情的肉欲色彩被淡化，心靈價值被凸顯，反倒更加堅定了主人公寧執愛情捨棄其餘的決心，「大車檻檻，毳衣如菼。豈不爾思？畏子不敢。大車啍啍，毳衣如璊，豈不爾思？畏子不奔。穀則異室，死則同穴。謂予不信，有如皎日。」（《詩經・大車》）「泛彼柏舟，在彼中河。髧彼兩髦，實維我儀。之死矢靡它。母也天只，不諒人只！泛彼柏舟，在彼河側。髧彼兩髦，實維我特。之死矢靡慝。母也天只，不諒人只！」（《詩經・柏舟》）「蝃蝀在東，莫之敢指。女子有行，遠父母兄弟。朝隮于西，崇朝其雨。女子有行，遠兄弟父母。乃如之人也，懷婚姻也。大無信也，不知命也！」（《詩經・蝃蝀》）縱然愛情不被祝福，仍一往無前地奔赴愛人懷抱，世俗之見在能令己收穫精神高峰體驗的愛情對比下有如塵土，宋朝女詞人朱淑真不也正是這麼做的嗎？「惱煙撩露。留我須與住。攜手藕花湖上路。一霎黃梅細雨。嬌癡不怕人猜。和衣睡倒人懷。最是分攜時候，歸來懶傍妝臺。」（《清平樂》夏日遊湖）禮教阻擋不住女詞人渴望異性知己相惜相憐相愛的心，最終也沒能阻擋住女詞人欲與情人肌膚相親的身，沉醉於愛情中的女詞人視世間禮教如無物，將現實行跡和心靈體驗大膽地吐露在文字中，詞中女詞人嫵媚嬌憨的千種風情盡顯無餘，與《詩經》愛情篇章中的女主人公相比，女詞人的做法在南宋禮教如日中天的思想背景下更具抗爭色彩。

〔註26〕隋樹森編：《全元散曲》，北京：中華書局，1981年版，第195頁。

　　遭遇情變之人何以自我慰解呢？「終風且暴，顧我則笑，謔浪笑敖，中心是悼。終風且霾，惠然肯來，莫往莫來，悠悠我思。終風且曀，不日有曀，寤言不寐，願言則嚏。曀曀其陰，虺虺其靁，寤言不寐，願言則懷。」（《詩經‧終風》）詩中主人公痛苦中還抱有幻想，期待著戀人有朝一日能迴心轉意，主人公還在渴望著前情重續。長篇敘事詩《氓》中的女主人公似已有了某種覺悟，「桑之未落，其葉沃若。于嗟鳩兮！無食桑葚。于嗟女兮！無與士耽。士之耽兮，猶可說也。女之耽兮，不可說也。」「總角之宴，言笑晏晏，信誓旦旦，不思其反。反是不思，亦已焉哉！」（《詩經‧氓》）夫君原只是迷戀外表，奠定在如此基礎上的愛情發生色衰愛弛的情變自屬必然，女主人公無奈地歎道：那就放手這一段感情吧！《褰裳》中的主人公一改前兩者的幻想和無奈，給予了情變之人最明決的答案：「子惠思我，褰裳涉溱。子不我思，豈無他人？狂童之狂也且！子惠思我，褰裳涉洧。子不我思，豈無他士？狂童之狂也且！」（《詩經‧褰裳》）既然你對我已無情義，那就乾脆來一個漂亮的轉身，明慧地繼續自己的未來人生之路，繼續生命的真愛追尋之旅，《褰裳》中女主人公的做法對那些因情變而沾染上了復仇、怨恨、凄苦等負面陰暗情緒的女子是一個頗為有益的啟迪。

　　情殤最痛斷心魂的一個類型便是天人永隔了，「綠兮衣兮，綠衣黃裏。心之憂矣，曷維其已！綠兮衣兮，綠衣黃裳。心之憂矣，曷維其亡！綠兮絲兮，女所治兮。我思古人，俾無訧兮！絺兮綌兮，凄其以風。我思古人，實獲我心！」（《詩經‧綠衣》）「世上人何限，慊慊只為汝」《南朝樂府民歌‧華山畿》七首其七），只因世上千千萬萬人中只有斯人「實獲我心」，故其人逝後思念無極，以思念鑴刻了一個心碑安放心中，而後沉浸在思念中以思念之樂慰解思念之苦，這種情執的自贖方式我們在上編「天與多情，不與長相守——以晏幾道、吳文英、姜夔、李清照、朱淑真為例發顯宋詞人的情殤煎熬和自贖路徑」之章中也有過觀睹，「風住塵香花已盡，日晚倦梳

頭。物是人非事事休。欲語淚先流。」（《武陵春》）吳衡照《蓮子居詞話》卷二：「易安《武陵春》其作於祭湖州以後歟？悲深婉篤，猶令人感伉儷之重。」李清照丈夫故去後的情詞幾和著血淚寫成，令人讀之常欲哽咽而止，但女詞人此類天人永隔的情詞中亦有情感回憶的「幽香蜜味」潛運其間，愛人已去，詞人執著無悔的情執意念貫穿其間的愛之章卻書寫不斷，詞人亦欲以之救贖尚留在天地兩間中人與黃泉中故人無從交接的情殤煎熬。「葛生蒙楚，蘞蔓于野。予美亡此，誰與？獨處？葛生蒙棘，蘞蔓于域。予美亡此，誰與？獨息？角枕粲兮，錦衾爛兮。予美亡此，誰與？獨旦？夏之日，冬之夜。百歲之後，歸于其居。冬之夜，夏之日。百歲之後，歸於其室。」（《詩經·葛生》）這一首詩可謂悼亡詞的千古至文，《詩志》贊道「拙厚惋惻，絕妙悼亡詞」，此詩中不僅有與李清照相同的以思念之樂慰解思念之苦的自贖方式，它還增之以另一層念想，相信人死後不過是生命進入了另一個時空，被翻譯成了另一種語言，所以還可以期待著另一個時空的團聚，詩中主人公以此念想安慰現世煢獨人生，緩解天人永隔之痛。

第二章　兩漢與宋

　　漢代的兩個王朝西漢和東漢時代氣象迥不相侔，西漢時期一切都興旺勃發，昂奮向上，充分呈顯著盛世氣象，東漢則漸趨昏暗無明，社會混亂無序，人才求進之路被堵塞，末世氣息漸濃。兩漢士人心態亦因之相差甚遠，西漢士人朝氣蓬勃、奮然美盛如東方初升的朝陽，我們可名之爲朝陽心態，東漢士子因向上之路難行，人生無以進用，希望之門被封堵，內心逝水不息人生何爲的時間意識漸漸濃重，漸成心靈主調。西漢的漢大賦及東漢末的《古詩十九首》是兩漢士人心態差異的文學載體，若從宋人典型性心靈路徑中尋找可比併觀照的對象，柳永都市歌詠詞篇中蘊蓄著與西漢人相彷彿的朝陽心態，晏殊、歐陽修抒懷詞中亦有著別一般突出的時間意識。

一、朝日蓬勃
——論漢大賦與柳永都市歌詠詞中的朝陽心態

　　漢朝是中華文明發展史上的第一個盛世王朝，建立了民族各方面綜合發展的第一塊里程碑，所以炎黃子孫驕傲地以「漢」爲自己命名。漢人對生命充滿了豐沛的熱情，他們欣然昂首翹望，期待著用自己的雙手和智慧諦造一個美麗的明天，各個領域都湧現出了許多傑出人才，而不再如同先秦僅僅是思想界的百花齊放。「漢朝由文

景之治到漢武帝，真正達到了中國歷史上值得驕傲的盛世。疆域的擴張，經濟的繁盛，軍力的強大，文化的興盛，各領域都湧現了許多著名的代表人物，大經學家大政論家董仲舒、大史學家司馬遷、大文學家司馬相如、大軍事家衛青、霍去病、大天文學家唐都、落下閎、大農學家趙過、大探險家張騫、大音樂家李延年……而這個輝煌盛世的總代表，就是雄才大略的漢武帝。」〔註1〕歷史的那方天空中群星閃耀，其中最亮的一顆星便是胸懷文韜武略的漢武帝，他引領著炎黃子孫走進了歷史的春天：版圖不斷擴大、人民安居樂業，四方之國臣服歸順……在他的統領下各路英傑共同譜寫著中華民族的這曲盛世詠歎調，文學家寫出了漢大賦這樣「苞括宇宙，總覽人物」（司馬相如《太平御覽》卷五百八十七引《西京雜記》）的錦繡華章，音樂家奏響了蓬勃向上的春天奏鳴曲，軍事家替帝王不斷拓展著美麗春天的疆域且為之劃上安全邊框，經學家提供了凝聚人心鞏固統一秩序的形上工具，史學家提供了堪與盛世相匹配的浩繁文字記錄……

　　這一盛世春天花圃裏的林林總總在漢大賦中得到了充分的、有時可以說是略帶誇飾的表現。章培恒《中國文學史》中說：「漢賦的作者以『苞括宇宙，總攬人物』的巨大時空意識所作的呆板堆砌而又渾厚雄偉的鋪陳描寫，正是展示了中華民族進入一個新的歷史時代之際，那種征服世界佔有世界的自豪驕傲，展示了那個時代繁榮富強蓬勃向上的士氣，這裏彌漫著令後人不斷回首驚歎的大漢氣象。」〔註2〕為了展示和炫耀大漢氣象，「苞括宇宙，總攬人物」成為漢大賦最根本的寫作特徵，《淮南子·齊俗》篇云：「往古來今謂之宙，四方上下謂之宇。」漢大賦的作者將漫長廣遠的時空壓縮在一篇賦的文本中，以營造一種「於世不終，於家不遺」的藝術效果。

〔註1〕　張法：《中國文化與悲劇意識》，北京：中國人民大學出版社，1989年版，第170頁。

〔註2〕　章培恒，駱玉明編：《中國文學史》上卷，上海：復旦大學出版社，1997年版，第192頁。

〔註3〕如司馬相如《子虛》《上林》二賦用四千餘字的篇幅鋪寫遊獵之事，把與此相關的山海河澤、宮殿苑囿、林木鳥獸、土地物產、音樂歌舞、服飾器物、騎射宴飲全部寫進作品中。漢大賦的作者不僅實寫大漢國土上的實存之物，還用了很多想像之辭來參與營構這個幾無所不包無所不有的美麗新世界，《漢書·司馬相如傳上》評《天子遊獵賦》道：「亡是公言上林廣大，山穀水泉萬物，及子虛言雲夢所有甚眾，侈靡多過其實，且非義理所止。」爲了在文本中達到營構應有盡有的美麗新世界的效果，創作者在漢大賦中追求極致化的審美體驗和高峰體驗描寫，漢大賦的定型之作《七發》就已經奠定了這種極寫極譽的創作模式，《七發》中所聽音樂是天下至悲之歌樂，所吃食物是天下至美之食物，所乘車馬是天下至駿之車馬，所事遊獵是天下至壯之遊獵，吳客提供給太子療治的藥方是天下之要言妙道。在文本中營構出如此富麗繁盛、鮮耀光燦、應有盡有的美麗新世界是以往文學中從未有過的新鮮景觀，這是西漢人對未來願景的美妙設想，他們深心以爲這個美麗新世界定會成爲他們國土上的現實。處於中華民族上陞期的漢人心中充滿了紅彤彤的希望，他們視其生命和他們所生存的世界如一輪噴薄而出的朝陽，他們相信這輪朝陽未來的經天之旅將會在現有基礎上愈加輝煌，漢人的這種自信自得、昂奮向上、蓬勃熱烈、滿溢希望的心理我們可以名之爲朝陽心態，朝陽心態體現在漢人生活的多個方面，如本章節開篇所言政治、經濟、軍事、文化等領域，漢大賦亦是其中的一個重要載體。

說到底，漢大賦是具朝陽心態的創作者向同樣具朝陽心態的讀者提供符合其心態的審美藝術享受，爲了在文本中營造出碩大圓滿、能充分滿足讀者需求的未來願景，「鋪采摛文」「敷張揚厲」的創作筆法理所當然地成爲了漢大賦的寫作通式，楊雄說：「賦者……必推類而言，極麗靡之辭，閎麗鉅衍，競於使人不能加也。」（《漢

〔註3〕程章燦：《西京雜記全譯》，貴陽：貴州人民出版社，1993 年版。

書‧揚雄傳下》〔註 4〕劉熙載認爲「屈子之纏綿，枚叔、長卿之巨
麗，淵明之高逸，宇宙間賦，歸趣總不外此三種。」〔註 5〕朝陽心
態及由之決定的寫作筆法、創作模式使得漢大賦的文本實際效果常
會溢出創作者的初始創作旨意，「雄以爲賦者，將以風也，必推類而
言，極麗靡之辭，閎侈鉅衍，競於使人不能加也，既乃歸之於正，
然覽者已過矣。」（《史記‧揚雄傳》第五十七下》）「諷則已，不已，
吾恐不免於勸也」（揚雄《法言‧吾子》），《漢志》中說：「大儒孫卿
及楚臣屈原離讒憂國，皆作賦以風，咸有惻隱古詩之義。其後來宋
玉、唐勒，漢興枚乘、司馬相如。下及揚子雲，競爲侈麗閎衍之詞。
沒其風諭之義。」〔註 6〕本欲以文爲諷，使人歸之於正，實現儒家
的文章教化目的，卻因潛意識中朝陽心態的影響在文本創作時不自
覺地走向了反面，反以大段文字極力渲染盛世氣象，歌詠帝國風物，
且這一部分的鋪排敷寫詞條豐蔚，文采煥發，而綴於篇末的有意諷
諭之詞卻寥寥無幾、乾癟少文，引不起讀者多少閱讀興趣，這樣怎
能實現創作者預設的「諷喻之義」呢？以枚乘《七發》一文爲例，
賦中鋪陳天下至悲之歌樂等六事的內容，有紛華靡麗的兩千多字，
而吳客勸誡的要言妙道只有寥寥百來字。再如《天子遊獵賦》一文，
作者的預設創作意旨是「明君臣之義，正諸侯之禮」，這一創作意旨
在文本上體現爲烏有對子虛的批評以及亡是公對子虛和烏有的批
評，但從文本實際構成及對讀者的影響效果來看，倒是子虛對楚國
雲夢澤以及楚王射獵遊樂、亡是公對天子上林苑以及天子射獵遊樂
的大力鋪陳佔據了文本中心和讀者的關注中心。漢大賦往往因此受
到學者的詬病，王充說：「以敏於賦頌，爲弘麗之文爲賢乎？則夫司
馬長卿、揚子云是也。文麗而務巨，言眇而幽深，然而不能處處定
是非，辨然否之實。雖文如錦繡，深如河、漢，民不覺知是非之分，

〔註 4〕 〔漢〕班固：《漢書》，北京：中華書局，1962 年版，第 3575 頁。
〔註 5〕 王氣中：《藝概箋注》，貴陽：貴州人民出版社，1986 年版，第 275 頁。
〔註 6〕 〔漢〕班固：《漢書》，北京：中華書局，1962 年版，第 1756 頁。

無益於彌爲崇實之化。」〔註7〕然而這實在是漢人朝陽心態無法抑制的發顯，於此無意識流露處更能證明漢人蓬勃向上的朝陽心態。

柳永筆下的都市歌詠詞中亦蘊蓄著相似的盛世氣象和朝陽心態，「薰風解慍，晝景清和，新霽時候。火德流光，蘿圖薦祉，累慶金枝秀。璿樞繞電，華渚流虹，是日挺生元後。纘唐虞垂拱，千載應期，萬靈敷祐。　殊方異域，爭貢琛賮，架巘航波奔湊。三殿稱觴，九儀就列，韶護鏘金奏。藩侯瞻望彤庭，親攜僚吏，競歌元首。祝堯齡、北極齊尊，南山共久。」（《永遇樂》）這首祝壽詞作於宋仁宗生日時，詞人在詞中盡情鋪寫皇帝生辰之日天地間的各種祥瑞，盡情描摹朝野上下政和民平喜慶康樂的太平盛況。論者皆能抉發出柳永都市歌詠詞的優長，宋黃裳云：「予觀柳氏樂章，喜其能道嘉祐中太平氣象，如觀杜甫詩。典雅文化，無所不有。是時予方爲兒，猶想見其風俗，歡聲和氣，洋溢道路之間，動植咸弱。令人歌柳詞，聞其聲，聽其詞，如丁斯時，使人慨然有感。(黃裳《書〈樂章集〉後》《演山集》卷三五）李之儀《跋吳師道小詞》曰：「至柳耆卿，始鋪敍展衍，備足無餘。形容盛明，千載如逢當日。」（李之儀《跋吳師道小詞》)、陳振孫《直齋書錄解題》道：「其（柳永）詞格故不高，而音律諧婉，語意妥貼，承平氣象，形容曲盡。」柳永《望海潮》一詞更是此類詞中的翹楚，「東南形勝，三吳都會，錢塘自古繁華。煙柳畫橋，風簾翠幕，參差十萬人家。雲樹繞堤沙。怒濤卷霜雪，天塹無涯。市列珠璣，戶盈羅綺競豪奢。　重湖疊巘清嘉。有三秋桂子，十里荷花。羌管弄晴，菱歌泛夜，嬉嬉釣叟蓮娃。千騎擁高牙。乘醉聽簫鼓，吟賞煙霞。異日圖將好景，歸去鳳池誇。」詞中富麗鮮耀、熱烈光燦的盛世氣象和其中所蘊蓄的蓬勃向上的朝陽心態與漢大賦何其相似。據說這首詞中的「人間天堂」勝景曾誘引得金人揚鞭渡河，《鶴林玉露》載：「孫何帥錢塘，柳耆卿作《望海潮》詞贈之云：……此詞流播，

〔註7〕黃暉：《論衡校釋》卷二十七《定賢》，北京：中華書局，1990年版，第1117頁。

金主亮聞歌，欣然有慕『三秋桂子，十里荷花』，遂起投鞭渡江之志。」（羅大經《鶴林玉露》卷一）

為了達到盡態極妍地鋪敘北宋時期「陶陶盡醉太平」（柳永《拋球樂》）的盛世氣象、充分呈顯朝陽心態的目的，柳永一改斯時詞壇上小令為主的創作格局，大量運用長調慢詞，宋翔鳳《樂府餘論》云：「詞自南唐以後，但有小令，其慢詞蓋起宋仁宗朝。中原息兵，汴京繁庶，歌臺舞席，競賭新聲。耆卿失意無俚，流連坊曲，遂盡收俚俗言語，編入詞中，以使伎人傳習。一時動聽，散播四方。」（宋翔鳳《樂府餘論》）柳永還在詞史上首開「以賦為詞」的創作方法，最終達到了北宋范鎮所言「仁宗四十二年太平，鎮在翰院十餘載，不能出一語詠歌，乃於耆卿詞見之」的文本效果（祝穆《方輿勝覽》）。柳永的部分歌詞如羈旅行役詞仍在傳承著詞壇傳統和主流話語，「漸霜風凄緊，關河冷落，殘照當樓」之語甚至得到了蘇軾「不減唐人高處」的稱揚（趙令畤《侯鯖錄》引），但柳永在詞壇上的貢獻更體現在他對詞作表現空間和創作手法的拓新上，他以都市歌詠詞的嶄新品種豐富了詞壇類型，給宋詞增添了喧騰鬧熱之市井人生的溫暖和亮色。

二、心驚逝川
——論《古詩十九首》與宋詞人歐陽修、晏殊抒懷詞中的時間意識

上一小節中我們已觀照了西漢的盛世氣象和西漢人的朝陽心態，時至東漢，一切都發生了改變，東漢時期大多數時段內政治形勢混亂多變，統治階級內部矛盾尖銳激烈，西漢時期建立和發展起來的人倫秩序和價值體系已然分崩離析，「自桓、靈之間，君道秕僻，朝綱日陵，國隙屢啓，自中智以來，靡不審其崩離」（《後漢書·儒林傳》），「世之衰矣，上無明天子，下無賢諸侯，君不識是非，臣不辨黑白。」（徐幹《中論》）「章名漸疏，而多與浮華相尚，儒者之風

蓋衰矣。」（范曄《後漢書・儒林列傳》卷七十九上）舊有的系統已經塌陷，可新的體系尚未建構起來，人心惶惶無著。時至東漢末王朝將亡前夕，政治的昏聵腐敗已達至頂峰，對於士人求進之路至關重要的人才鱗選制度亦嚴重變質。東漢繼承並發展了西漢中期以來的養士舉薦徵辟制度，這一制度曾激發起了士人強烈的用世之心，時至東漢末年遊學和宦遊風氣依然盛行，徐幹在《中論・譴交》一文中描述道：「……桓靈之世，其甚者也。自公卿大夫，州牧郡守，王事不恤，賓客為務。冠蓋填門，儒服塞道，饑不暇餐，倦不獲已。殷殷沄沄，俾夜作晝。下及小笴，列城墨綬，莫不相商以得人，自矜以下士。星言夙駕，送往迎來，亭傳常滿。吏卒傳問，炬火夜行，閽寺不閉。」許多士人「乃離其父兄，去其邑里……竊選舉，資榮寵者，不可勝數。」僧多粥少，注定了無功而返的失意者將成為其中多數，而已然嚴重變質的舉薦徵辟制度無疑易使寒門才俊被「奉貨而行賂」（徐幹《中論・譴交》）的庸劣無能者所取代。東漢和帝之後，「州郡牧守承順風旨，辟召選舉釋賢取愚」（《後漢書・種傳》），順帝初，河南尹田歆所察舉的六名孝廉中，由當權貴人勳戚指定者就佔了五名，史家論道「竊名偽服，浸以流變，權門貴仕，請謁繁興。」（《後漢書・揚雄傳論》）。《樂府詩集》卷八十七中的《桓靈時舉秀才童謠》便是對這種現象的暴露，《雜歌謠辭・歌辭》解析說：「《後漢書》曰：『桓帝之世，更相濫舉，人為之謠：舉秀才……父別居。文人自是路途多艱，士族階層少有按才晉身的機會，多半負才抱志而不得出。」曾發明了地動儀的傑出科學家張衡，同時也是文墨精湛的詩人，《四愁詩》中一派無以進用的悲慨，小序醒明題旨道：「屈原以美人為君子，以珍寶為仁義，以水深雪雰為小人，思以道術以報，貽於時君，而懼讒邪不得以通。」（《四愁詩》序《文選》卷二十九）

　　世途多艱，官道難入，生命價值無從實現，屬於一己的時間卻是有限的，且在一刻也不停息地消逝著，死神的黑衣常常映現在東

漢末的士人眼中，「千古有爲者，一生驚逝川」，東漢末士人的情緒漸漸被時間的焦慮所籠罩，他們濃重的時間意識集中體現在《古詩十九首》中，「生年不滿百，常懷千歲憂。晝短苦夜長，何不秉燭遊！爲樂當及時，何能待來茲？愚者愛惜費，但爲後世嗤。僊人王子喬，難可與等期。」（《古詩十九首》之十五）「驅車上東門，遙望郭北墓。白楊何蕭蕭，松柏夾廣路。下有陳死人，杳杳即長暮。潛寐黃泉下，千載永不寤。浩浩陰陽移，年命如朝露。人生忽如寄，壽無金石固。萬歲更相送，賢聖莫能度。服食求神仙，多爲藥所誤。不如飲美酒，被服紈與素。」（《古詩十九首》之十三）「回車駕言邁，悠悠涉長道。四顧何茫茫，東風搖百草。所遇無故物，焉得不速老。盛衰各有時，立身苦不早。人生非金石，豈能長壽考？奄忽隨物化，榮名以爲寶。」（《古詩十九首》之十一）《古詩十九首》如此頻繁地言及生死，可見對死亡的恐懼和對生命存在方式的思考是《古詩十九首》的中心主題，「這當然並非新鮮話題，但表現得如此強烈而集中，卻過去所沒有的。」〔註 8〕生死問題與時間問題是人類要用一生來回答的原問，古人云：「夫死生是失得之大者，故樂莫甚焉，哀莫深焉。」（陸機《大暮賦》）東漢末年之前的人當然也會思考生死問題，也會感知時間意識，但這樣的主題在文學作品中如此集中地強力凸顯則始之於東漢末期的《古詩十九首》，這是歷史條件與國人精神發展的兩股合力所致。李澤厚先生說：「生死問題本來是人生中很嚴肅的事情，感覺到這個問題的嚴重和親切，它表明了文化的提高。它實質上標誌著一種人的覺醒，即在懷疑和否定舊有傳統標準和信仰價值的條件下，人對自己生命、意義、命運的重新發現、思索、把握和追求。」〔註 9〕文明發展至此已進益至一個嶄新的高度，人類面對著屬己時間的有限性和死亡的前定宿命，開始有意識地籌劃自身，思索如何

〔註 8〕 李澤厚：《美的歷程》，桂林：廣西師範大學出版社，2000 年版，第124 頁。

〔註 9〕 李澤厚：《美的歷程》，桂林：廣西師範大學出版社，2000 年版，第126 頁。

在限度內盡可能地展開滿意的一生。《古詩十九首》因爲這樣切中生命核心的主題，被後人多加稱揚，鍾嶸以「驚心動魄」「一字千金」譽之（《詩品》）、劉勰以「五言之冠冕」（《文心雕龍》）嘉許之。返觀上編宋詞人心靈人觀園，這樣的時間意識、生死感懷在晏殊、歐陽修的抒懷詞中也有著強力凸顯，和前文一樣，我們依然可以以詞來進行進一步的內證。

> 池塘水綠風微暖。記得玉眞初見面。重頭歌韻響錚琮，
> 入破舞腰紅亂旋。　　玉鈎闌下香階畔。醉後不知斜日晚。
> 當時共我賞花人，點檢如今無一半。（晏殊《木蘭花》）

俞陛雲先生評說道：「極美滿之風光，事後回思，都成陳跡。元獻生當盛世，雍容臺閣，而重醉花前，尙有舊人零落之感。若生逢叔季，衣冠第宅轉眼都非，寧止何戕感舊耶？」〔註10〕花在人不在，或是花和人都不在，花樹下詞人呼吸領會著生命的悲涼之霧。

> 世路風波險，十年一別須臾。人生聚散長如此，相見
> 且歡娛。　　好酒能消光景，春風不染髭鬚。爲公一醉花
> 前倒，紅袖莫來扶。（歐陽修《聖無憂》）

花已殘，實是訴說著歲月已殘的心悸，花已落，卻是表達著理想萎頓墜落的心慟。

「人生天地間，忽如遠行客」（《古詩十九首》之三）、「人生寄一世，奄忽若飆塵」（《古詩十九首》之四）、「人生非金石，豈能長壽考」（《古詩十九首》之十一），生命長度個人無法控制，仕途遇合自己亦難以預料，東漢這些身處黑暗腐敗社會中無以進用的下層士子，於是選擇了及時行樂濃厚生命密度增加快樂總量的自贖方式，「晝短苦夜長，何不秉燭遊！爲樂當及時，何能待來茲？」（《古詩十九首》十五）、「斗酒相娛樂，聊厚不爲薄。驅車策駑馬，遊戲宛與洛。……極宴娛心意，戚戚何所迫」（《古詩十九首》之三）、「服食求神仙，多爲藥所誤。不如飲美酒，被服紈與素。」（（《古詩十九

〔註10〕吳熊和編：《唐宋詞彙評》，杭州：浙江教育出版社，2004 年版，第155 頁。

首》十三）此般自贖策略與歐陽修、晏殊之「風花世界　陶然醉酕」同中有異，歐陽修和晏殊的風花世界亦由「歌、酒、樂」等構成，如以下兩首詞的詞境所示：

破陣子

晏殊

　　湖上西風斜日，荷花落盡殘英。金菊滿叢珠顆細，海燕辭巢翅羽輕。年年歲歲情。

　　美酒一杯新熟，高歌數闋堪聽。不向尊前同一醉，可奈光陰似水聲。迢迢去未停。

採桑子

歐陽修

　　荷花開後西湖好，載酒來時，不用旌旗，前後紅幢綠蓋隨。

　　畫船撐入花深處，香泛金卮，煙雨微微，一片笙歌醉裏歸。

　　政治理想受挫時晏殊、歐陽修公餘生活也擬沉醉於歌酒女樂中來緩釋生命痛楚、修復內面世界，與東漢文人濃化、美化私生活空間以消解傷逝情苦有著相同的一面。但彼此間的不同之處亦不難辨析，儘管晏殊和歐陽修政治理想實現路途阻厄重重，但他們人生中的大部分時間仍擔任著朝廷要職，宋人突出於封建時代的高度的政治責任感和主人公意識使他們不可能因挫折和困難就輕易放棄內心經世濟民的政治理想，他們一邊在私人生活空間的風花世界中進行生命修整，如同東漢士人一樣借酒忘卻，借歌樂重拾生命情致，以此來平衡身心，一邊仍在公共空間中竭智盡能地爲家國天下努力，「風花世界」中痛苦的神經得到舒緩放鬆後他們還是要回到公共空間去努力於政治理想的實現的，他們人生最根本的價值落點仍落在了治國平天下的淑世情懷上，這是他們永遠擺脫不開的政治鄉愁。綜而言之，從抒懷詞來看，晏殊、歐陽修這兩位詩人大臣傾全力保持著多維度人生的平衡，使生命盡可能在內面兩個方面收穫最大值。

　　東漢文人則不同，他們是入仕無門的寒門才俊，在政治之路上已然完全被剿滅了希望，他們只有及時行樂而沒有其餘，他們只有私人空間、個人生活，並沒有如歐陽修、晏殊那樣的公共空間、政治生活，他們只能是一個單面的存在，而無法獲得晏殊、歐陽修般的多維度人生。這些折腰奔走而無一官半職的布衣士子用及時行樂來填補生命無以進用後留下的巨大缺口，無論如何，生命總得填充進內容，價值序列表上原本設定的首位無從實現虛位後，東漢士人填充進了對當下生命感官享受的極至追求，他們不想讓生命因宦途的失敗空白掉，「由於漢末這批士人經濟上的困窘，仕途上的尷尬，現實生活的種種刺激，使他們掙脫傳統的因襲已久的儒家學說束縛。表面看來似乎是無恥地在貪圖享樂、腐敗、墮落，其實，恰恰相反，它是在當時特定歷史條件深刻地表現了對人生、生活的極力追求。」〔註11〕感官欲望成為一面旗幟升了起來，秉燭夜遊、歌酒之歡、男女之樂以理直氣壯的姿態進入了詩文中，雖說是理直氣壯，但總也免不了其中的無奈色彩。「十九首中享樂思想就在於他們走進樂園而沒有燃起篝火，因而顯得人生灰暗，生活荒淫。」〔註12〕及時行樂終究不能成為生命的支點，僅持有此一元價值觀度過人生心靈是不能得到真正滿足的。

　　不管怎麼說《古詩十九首》的作者是忠實於內心的，他們毫不偽飾地在逝川旁發出了生命一無所成的哀歎聲，並進而道出了其實踐於現實中的自贖方略：「及時行樂、充分滿足感官欲望」，而不論其是否高尚、是否能得他人的文化認同，《古詩十九首》因此贏得了「直而不野，婉轉附物，怊悵切情」（《文心雕龍・明詩》）的譽詞。清人陳祚明這樣說道：「《十九首》所以為千古至文者，能言人同有之情也。情莫思得志，而得志者有幾？雖處富貴，慊慊獨有不足，

〔註11〕李澤厚：《美的歷程》，桂林：廣西師範大學出版社，2000年版，第127頁。

〔註12〕王利鎖：《文學・哲學・人的覺醒——古詩十九首及其享樂思想》，《江漢論壇》，1989年，第3期，第54頁。

況貧賤乎？志不可得而年命如流，誰不感慨？人情於所愛，莫不欲終身相守，然誰不有別離？以我之懷，思猜彼之見棄，亦其常也。夫終身相守者，知有愁，亦復知有樂，乍一別離，則此愁難已。」〔註13〕如此說法頗為切近東漢末士子的實情。

〔註13〕〔清〕陳祚明：《采菽堂古詩選》卷三，《續修四庫全書》第 1590 冊，上海：上海古籍出版社，第 642 頁。

第三章　魏晉南北朝與宋

　　魏晉時代作爲儒學旁枝逸出的一代之學的「玄學」以無爲尚，在很大程度上解構了原儒精神，反倒與處於材與不材之間、以無用爲大用的莊學思想更爲相近。受玄學哲學思潮的影響，魏晉人往往視此岸價值爲哲學之「無」，他們多半無意於經營世事。「有無相生」，在哲學之「無」的地基上魏晉人將「有」的支點落在了美學家園中，以美爲歸，以美爲精神遁逃藪，以美爲自我實現的方式。南朝人的哲學之無與魏晉人相同，但其有的落點卻迥異之，南朝人將「有」沉落在了男女豔情中，他們擬在豔情中迷醉，在女性溫柔鄉中忘懷一切。若與宋人心靈大觀園相對照，魏晉人的美學家園與宋末四大詞人南宋時期的審美人生相彷彿，南朝人沉溺豔情的生活方式與浪子才人柳永庶幾近似。

　　魏晉時期還有一人有單獨陳述的必要，那就是被稱爲古今隱逸詩人之宗的陶淵明，他對宋詞人有著普遍性的沾溉。陶淵明幾乎被公認爲是生命達到圓融和諧之境的天才，本節從魏晉南北朝群體中將他單列出來，探討他詩文中和諧圓融的生命境界，發顯他走至這一生命境界的心靈路徑，以及宋人對他迥出於封建時代其它朝代的別一般的心儀瓣香。

一、審美狂歡
——論魏晉士人與宋末四大詞人的美學家園

魏晉時代政權更疊頻繁民眾生命朝不保夕，「屬魏晉之際，天下多故，名士少有全者。」（《晉書・阮籍傳》）魏晉士人在如履薄冰、如臨深淵的生存環境中不再「知其不可爲而爲之」地心懷炭火了。「時俗放蕩，不敦儒教」（王坦之語《晉書》卷七十五），儒家思想被質疑、被解構、被顚覆，「輕賤唐虞而笑大禹」（嵇康《卜疑》）、「非湯武而薄周孔」（嵇康《與山巨源絕交書》）、「固知仁義務於理僞，非養眞之要術；廉讓生於爭奪，非自然之所出也」（嵇康《難自然好學論》）……魏晉人這類非禮非儒的觀點盈篇溢章。「宋文帝立四學：雷次宗主儒學，何尚之主玄學，何承天主史學，謝元主文學，崇無的玄學成爲四學之一。魏晉玄學的中心問題不再是如何在外部世界中實現自我，而是『理想的聖人人格究竟應該怎樣？』」（湯用彤《魏晉玄學論稿》）〔註1〕李澤厚稱魏晉時代爲「哲學中無的主題和藝術中美的典範」〔註2〕，此岸價值被魏晉人視作了哲學之「無」，原儒「內聖外王」中的「外王」退至了價值觀的邊緣地位，對個體人格的追求成爲魏晉玄學的中心話題和士人的生命目標。

「有無相生」（《老子・道經・二章》），生活在天地兩間中人不可能永遠立於哲學之「無」上，血肉之軀畢竟不能凌空蹈虛地生活，必得尋找到人生之「有」作爲生命支點，魏晉士人在哲學之「無」地基上所建構的「有」是什麼呢？其答案便是李澤厚所言之美，魏晉士人傾心追求著方方面面的美：容色美、文章美、語言美、行止美、情感美、人格美、生命美……以美爲精神遁逃藪，以美爲歸，以美爲自我實現的方式，他們渴望在流溢著豐融元氣和生命乳汁的美學家園安頓

〔註1〕 轉引自詹福瑞，李金善著：《士族的輓歌》，河北大學出版社，2002年版，第19頁。
〔註2〕 李澤厚：《美的歷程》，桂林：廣西師範大學出版社，2000年版，第124頁。

好現世人生。魏晉時候的隱者選擇隱逸生活方式的原因也與前朝不同，他們並不是依循著儒家「達則兼濟天下，窮則獨善其身」的古訓，將之作爲求進不能退而求其次的第二手生活策略，隱在他們那兒是人生方式的當然首選，如王瑤先生所說東晉的士人之隱「好像簡直與現實無關」（王瑤《中古文學論集》）〔註3〕，隱士們在隱逸中迴避著世間醜陋，恐其有污個體生命之美。

　　魏晉士人美學家園中最易爲人感知的是外表美，玄學創始人之一何晏是時所公認的美男子，《世說新語·容止》云：「何平叔美姿儀，面至白；魏明帝疑其傅粉」，據《魏略》中的記載：「晏性自喜，動靜粉帛不去手，行步顧影。」何晏確實傅粉了，他不僅愛傅粉，還愛穿鮮麗服裝，《晉書·五行志》云：「尚書何晏，好服婦之服。」魏晉時期男子如同婦人般敷粉飾容者絕非何晏這樣的個案，已成群體趨之的時代風潮。屠隆鴻《苞節錄》卷一中說：「晉重門第，好容止……膚清神明，玉色令顏，縉神公言之朝端，吏朗部至以此臧否。士大夫，手持粉白，口習清言。綽約嫣然，動相誇許，鄙勤樸而尚擺落」，魏晉人對外表容色之美的重視超乎尋常，裴楷「有俊容姿」，一次他生病，晉惠帝派王衍去看望他，他怕自己的病容給人一種不美的印象，便掉轉身子，嚮壁而臥，只是聽到來人到跟前了，才「強回視之」，如此行爲不由得讓人想起漢武帝寵妃李夫人的病中表現，李夫人有著「一顧傾人城，再顧傾人國」的絕世風華，集漢武帝萬千寵愛於一身，當她生病時唯恐其萎黃姿容損害在武帝心目中娟姿玉貌的素有形象，故無論漢武帝如何懇求亦不肯讓他一睹其面。「士爲知己者死，女爲悅己者容」，女性對貌的重視是歷史文化長期積澱的結果，男性對外表美亦如此看重，魏晉時代在這一點上實屬封建社會的另類了。在魏晉時期，不同的外表甚至導致世人差異頗大的對待，「潘岳妙有姿容，好神情，少時挾彈出洛陽道，婦人遇者，莫不連手共縈之。左

〔註3〕　轉引自詹福瑞，李金善著：《士族的輓歌》，河北大學出版社，2002年版，第20頁。

太沖絕醜，亦效岳遊遨，於是群嫗齊共亂唾之，要頓而返。」（《世說新語·容止》）

尤爲觸動人心扉令人不勝感懷的是魏晉人的情感美，「王戎喪兒萬子，山簡往省之，王悲不自勝。簡曰：『孩抱中物，何至於此？』王曰：『聖人忘情，最下不及情。情之所鍾，正在我輩。』簡服其言，更爲之慟。」（《世說新語·傷逝》）「荀奉倩與婦至篤。冬月婦病，熱，乃出中庭自取冷，還，以身熨之。婦亡，後少時亦卒。」（《世說新語·惑溺》）「司徒長史王伯輿登上茅山，竟對著山大哭著喊道：『琅邪王伯輿，終當爲情死！」（《世說新語·任誕》）生於黯世，若無情，將何以度日，血腥黑暗的時代環境感發出了士人深淳誠篤的情感，社會之冷愈益反襯出情之暖、哲學之無愈益反襯出情之有，故王戎會情不自禁地說：「情之所鍾，正在我輩」，王伯輿登茅山爲情慟哭，荀奉倩「出中庭自取冷」以熨妻病熱之身，妻死己亦隨之而亡。他們的生命渾是一團情感凝成，滾燙著自己溫暖著他人，表達著魏晉美學國度的一種重要美學類型。

培根說：「在美的方面，相貌的美，高於色澤的美，而秀雅合適的動作之美，又高於相貌之美，這是美的精華，是繪畫所表現出來的。」〔註4〕在美的鑒賞序列中更受魏晉人推崇的是風神意態美和人格美，這比培根所言「秀雅合適的動作之美」又有所提升了，魯迅將魏晉人特有的神明之美稱爲「魏晉風度」，亦有人名之爲魏晉風流，其核心要旨是「簡約玄澹，超然絕俗的哲學的美。」〔註5〕「魏晉風流」中包含有自在自得、眞率坦蕩、蕭散簡遠、風流高逸、清華絕俗、從容鎮定等人格構成因子，其從容鎮定如：謝安與眾人泛海戲，面對「風起浪湧」，眾人皆「色遽」，猶「太傅神情方王，吟嘯不言」「轉急浪猛」，仍從容不迫，《世說新語》讚歎道：「審其度量足以鎮安朝野。」

〔註4〕 北京大學哲學系美學教研室編：《西方美學家論美和美感》，北京：商務印書館，1982 年版，第 77 頁。

〔註5〕 宗白華：《天光雲影》，北京：北京大學出版社，2005 年版，第 50 頁。

其眞率坦蕩如：阮籍鄰家有美婦當爐賣酒，阮籍常去飲而至醉，酣睡於美婦腳邊，其夫亦不疑。阮籍只是愛慕美婦人之美，心無邪念，故坦然趨奉之、欣賞之，美婦人之夫亦知其僅爲慕美而來，並不加干涉，好一幅封建時代殊難聽睹的人間賞美惜美圖，拘縛生命的禮教在其中蕩然無存也。其自在自得如：「王羲之幼有風藻。郗虞卿聞王氏諸子皆俊，令使選婿。諸子皆飾容以待客，羲之獨袒腹東床，齧胡餅，神色自若。使具以告。虞卿曰：『此眞吾子婿也。！』問誰？果是逸少，乃妻之。」（《御覽》八百六十卷　引王隱《晉書》）以眞性情獨立於世，不僞飾不矯揉造作，自得自在於自性之美，故羲之得虞卿心儀也，可見虞卿亦是羲之同類人……這些人格構成因子綜合而成爲具「簡約玄澹，超然絕俗的哲學的美」的魏晉風流。

　　魏晉風流亦體現在魏晉人的服飾裝扮上，《晉書》卷二十七《王衍上》云：「晉楷冠小而衣裳博大，風流相放，輿臺成俗。」《宋書》卷八十二《周朗傳》云：「凡一袖之大，足斷爲二；一裙之長，可分爲二。」魯迅論及晉人輕裘緩帶寬衣大袍的著裝風格道：與其說是「高逸的表現，其實不知他們是吃藥的緣故。」〔註6〕吃五石散後確需著寬袍大袖以散熱，這固然是如此著裝風格的原因之一，但力求以外在形象呈現簡約高逸、超邁遠舉風姿的主觀意圖當是如此著裝風格更重要的原因吧！斯時服飾以白色爲主調，白色之清、淨、潔體現著哲學的玄澹清通之美。再來看女性髮型，《宋書·五行志》中載：「宋文帝元嘉六年，民間婦人結髮者，三分發，抽其鬟直向上，謂之飛天紒（髻）。始之東府，流被民庶。」飛天紒向高遠處升騰的髮式亦在時時發散著魏晉時人高蹈遠舉、飄散疏放的時代精神。

　　魏晉士人常以酒和樂爲媒介登臨魏晉風流的美學高峰，以竹林七賢爲例，「七人常集於竹林之下，肆意酣暢，故世謂竹林七賢。」（《世說新語·任誕》）「步兵校尉缺，廚中有貯酒數百斛，阮籍乃求爲步兵

〔註6〕魯迅：《魯迅全集》第二卷，北京：人民文學出版社，1973年版，第495頁。

校尉。」（《世說新語・任誕》）山濤「飲酒至八斗方醉。」（《晉書・山濤傳》）酒鄉是一幅忘和得組合而成的頭尾互含的太極圖，忘，即忘掉人類在必然王國中無處不在的世間規則，忘掉生命中的異化之苦，不忘此便仍是被世間法則煎逼不已的焦慮者，怎會與美有緣？「得」，即得到天全神全，得到生命初混然一團的淋漓元氣，《世說新語・任誕》中說：「七賢借酒養賢，養天全之賢。」酒得和失互補的兩面合成了一條竹林七賢走向美學王國的重要通道。竹林七賢尋找到的另外一個美學通道是「音樂」，「目送歸鴻，手揮五弦，俯仰自得，遊心太玄。」（嵇康《贈秀才入軍五首之四》）樂音在世間建構了一個無形場域：樂境。這是一個純美的場域，有天籟之音的音聲美，有啟示生命本真的道境美，有被樂音洗滌淨化後純白無污的心靈美……竹林七賢皆是賞音知音者，阮籍能簫、善彈琴，著有《樂論》，阮咸著有《律議》，《晉書》本傳說他「妙解音律，善彈琵琶」，竹林七賢對音樂從形下之器至形上之道皆有著深刻的悟解，「賦必有關著自己痛癢處。如嵇康敘琴、向秀感笛，豈可與無病呻吟者同語？」（劉熙載《藝概・賦概》）理解了創作時才能心手相應、旋律融心，樂聲中才能心香氤氳，欣賞時才能在樂境中感受到美的浸沐，才能乘著音樂的翅膀飛離世間之紛擾糾纏、醜陋繁雜，否則樂音只不過是一些與靈魂無關的聲音之流罷了。誰能忘記嵇康生命最後時刻在刑場上彈奏的那首曠世絕曲《廣陵散》呢，「由於嵇康不滿司馬之將篡位，最終被司馬昭所殺，臨刑時，嵇康神氣不變，索琴彈之，奏廣陵散。曲終曰：『袁孝尼嘗請學此散，吾靳固不與，陵散於今絕矣。』」（《世說新語》）那分明是一曲絕美人格風神的讚歌，是一曲美被撕碎的祭歌，是美麗孤獨的靈魂在天地間的傾訴，每個音符都感發著在場者與生俱來的生命美質，這一幅揮灑著生命之美、音樂之美的圖畫懸掛在歷史中，感發並薰染著千古而下的後人。

　　葉朗稱魏晉南北朝是中國歷史上的第二個美學黃金時代，宗白華

稱魏晉南北朝是「中國美學思想大轉折的關鍵」〔註7〕，精神始終縈迴於美學國度的魏晉士人其生命已然成爲了美的標本，《世說新語》載：王羲之「面如凝脂，眼如點漆，飄如遊雲，矯如驚龍。」（《世說新語・容止》）袁宏道妻李氏品評嵇康道：「彼嵇中散之爲人，可謂命世之傑矣！觀其德行奇偉，風韻劭邈，有似明月之映幽夜，清風之過松林也。」（《弔嵇中散文》轉引自《太平御覽》卷五九六）在暗淡濁世以美求取個人的自由解放、以美爲生命歸途的群體中國封建時代還可找出其它一些案例，宋末四大詞人周密、王沂孫、蔣捷、張炎便是其中一例。四位貴介公子南宋時期或是無意於世事，或是無能於世事，或是世事無由插手，他們便將很大一部分精力用於經營藝術化審美化的私生活空間，傾力締造審美桃源，以之作爲亂世中的身心歸所。

南宋末期半壁江山已垂垂欲倒了，「譬如以漓膠腐紙黏綴破壞之器而置之几案，稍觸之，則應手墮地而碎耳」（吳潛《許國公奏議》卷一《奏議都城火災乞修省以消變異》），即便如此，南宋很多人仍然沉浸在享樂之中而忘其對於家國天下的責任，「輦下驕民，無日不在春風鼓舞中」（周密《武林舊事》卷三「祭掃」條），試看宋末四大詞人之一的周密其詞之小序對此期生活情狀的記載，「辛未首夏，以書舫載客遊蘇灣。徙倚危亭，極登覽之趣。所謂浮玉山、碧浪湖者，皆橫陳於前，特吾几席中一物耳。遙望具區，渺如煙雲；洞庭、縹緲諸峰，矗矗獻狀，蓋王右丞、李將軍著色畫也。松風怒號，暝色四起，使人浩然忘歸。慨然懷古，高歌舉白，不知身世爲何如也。溪山不老，臨賞無窮，後之視今，當有契余言者。因大書山楹，以紀來遊」（《乳燕飛》），清風美雨撲面而來，周密之樂是清流名士的審美之樂，宋末四大詞人中其它幾位亦若此，對於他們來說，此岸的家國責任或自願、或因時勢所迫而漸成生命之無，他們將有之落點置於了審美桃源中，以詞內證之：

〔註7〕 宗白華：《美學散步》，上海：上海人民出版社，1981年版，第26～27頁。

曲遊春

周密

禁煙湖上薄遊，施中山賦詞甚佳，余因次其韻。蓋平時遊舫，至午後則盡入裏湖，抵暮始出，斷橋小駐而歸，非習於遊者不知也。故中山極擊節餘閒卻半湖春色之句，謂能道人之所未云

禁苑東風外，颺暖絲晴絮，春思如織。燕約鶯期，惱芳情偏在，翠深紅隙。漠漠香塵隔。沸十里、亂弦叢笛。看畫船，盡入西泠，閒卻半湖春色。

柳陌。新煙凝碧。映簾底宮眉，堤上游勒。輕暝籠寒，怕梨雲夢冷，杏香愁冪。歌管酬寒食。奈蝶怨、良宵岑寂。正滿湖、碎月搖花，怎生去得。

花心動

南塘元夕

蔣捷

春入南塘，粉梅花、盈盈倚風微笑。虹暈貫簾，星球攢巷，遍地寶光交照。湧金門外樓臺影，參差浸、西湖波渺。暮天遠，芙蓉萬朵，是誰移到。

鬌鬌雙仙未老。陪玳席佳賓，暖香雲繞。翠箸叩冰，銀管噓霜，瑞露滿鍾頻酹。醉歸深院重歌舞，雕盤轉、珍珠紅小。鳳洲柳，絲絲淡煙弄曉。

水龍吟

牡丹

王沂孫

曉寒慵揭珠簾，牡丹院落花開未。玉欄干畔，柳絲一把，和風半倚。國色微酣，天香乍染，扶春不起。自真妃舞罷，謫仙賦後，繁華夢、如流水。

池館家家芳事。記當時、買栽無地。爭如一朵，幽人獨對，水邊竹際。把酒花前，剩拚醉了，醒來還醉。怕洛中、春色匆匆，又入杜鵑聲裏。

　　這些詞篇美不勝收，是宋末四大詞人美學家園中的構成因子，如陳廷焯《白雨齋詞話》卷二所評：「碧山詞，觀其全體，固自高絕，即於一字一句間求之，亦無不工雅。瓊枝寸寸玉，旃檀片片香，吾於詞見碧山矣。」詞篇在他們手中被鍛造爲美玉檀香式的雅美存在，令人把玩歡賞無盡。

　　宋末四大詞人南宋時期審美桃源中的美學風韻呈現出清美標格，他們對清美韻度有著審美偏嗜，以周密爲例，清態的人、物最爲他所愛賞和描摹，「夜深醉踏長虹，表裏空明，古今清絕」（周密《慶宮春》）、「閒聽天籟靜看雲。心境俱清」（周密《風入松》）「燕風輕、庭宇正清」（周密《糖多令》）、「簟枕夢回，苔色槐陰清潤」（周密《大聖樂》）、「怕酒醒歌闌，空庭夜月羌管清」（周密《憶舊遊》）、「憑闌自笑清狂，事隨花謝，愁與春遠」（周密《晏清都此》），周密詞集中清字疊出，清氣氤氳，其詞評亦多得清字語系，吳文英題周密的詞，稱其「風流」「清潤」、王闓運《湘綺樓評詞》評周密《醉落魄》「餘寒正怯」一詞道：「此亦偶然得句，而清豔天然，幾於化工，亦考上上」〔註8〕、俞陛雲《唐五代兩宋詞選釋》評周密《慶元春送趙元父過吳》一詞道：「此爲嚴冬送友，由越水赴吳而作。擁衾孤艇，犯風雪而宵行，一片清寒之境，如營邱之畫寒林，右丞之圖雪景。轉頭處『夜深』、『清絕』三句，俯仰古今，詞境亦清絕。」〔註9〕不僅愛賞對象是「清」人「清」物，他本人亦多清遊、清行、清言，周密詞序中相關記載甚多，姑引兩例：「甲子夏，霞翁會吟社諸友逃暑於西湖之環碧。琴尊筆研，短葛巾，放舟於深密間，舞影歌塵，遠謝耳目。酒酣，採蓮葉，探題賦詞。余得《塞垣春》，翁爲翻譜數字，短簫按之，音極諧婉，因易今或云。」（周密《采綠吟》

〔註8〕　吳熊和：《唐宋詞彙評》，杭州：浙江教育出版社，2004 年版，第 3858頁。

〔註9〕　吳熊和：《唐宋詞彙評》，杭州：浙江教育出版社，2004 年版，第 3852頁。

序)「丁卯七月既望,余偕同志放舟邀涼於三彙之交,遠修太白採石、坡仙赤壁數百年故事,遊興甚逸。余嘗賦詩三百言以紀清適,坐客和篇交屬,意殊快也。越明年秋,復尋前盟於白荷涼月間。風露浩然,毛髮森爽,遂命蒼頭奴橫小笛於舵尾,作悠揚杳渺之聲,使人眞有乘查飛舉想也。舉白盡醉,繼以浩歌。」(周密《齊天樂》序)清景、清行、清言雜然紛陳,使人如行山陰道上目不暇接,這群遊走在清風明月間的清流們常在文中互致歡賞,對於周密南宋時期的生活,李萊老以詩語「綠遍窗前草色春,看雲弄月寄閒身」(李萊老題《草窗韻語》)贊之,王沂孫以詞語「風月交遊,山川懷抱」(王沂孫《踏莎行・題草窗詞卷》)羨之。倘若對周密南宋時期的生活情態選擇合適的概括語,「清適」二字庶幾可以當之。

品評清雅美景,書寫清妙詞句,自賞清適情狀,如此清風美雨式的人生,若推論其審美韻度的源頭,四位詞人對白石的欽羨和摹仿應是一個重要原因。「鄱陽姜夔出,句琢字煉,歸於醇雅;於是史達祖、高觀國羽翼之,張輯、吳文英師之於前,趙以夫、蔣捷、周密、陳允衡、王沂孫、張炎、張翥傚之於後,譬之於樂,舞箾至於九變,而詞之能事畢矣。」(汪森《詞綜序》)〔註10〕白石其人其詞都是清美風調的典範,「姜、張諸子,一洗華靡,獨標清綺,如瘦石孤花,清笙幽磐,入其境者疑有仙靈,聞其聲者人人自遠。」(郭麐《靈芬館詞話》卷一)〔註11〕姜夔詞序中亦有大量關乎幽寂清遠生活姿態的敘寫,如:「丙午之冬,發沔口。丁未正月二日,道金陵。北望淮楚,風日清淑,小舟掛席,容與波上」(姜夔《杏花天影》序)、「予客武陵,湖北極憲治在焉。古城野水,喬木參天。予與二三友日蕩舟其間,薄荷花而飲。意象幽閒,不類人境。秋水且涸,荷葉

〔註10〕吳熊和:《唐宋詞彙評》,杭州:浙江教育出版社,2004 年版,第 2702 頁。
〔註11〕吳熊和:《唐宋詞彙評》,杭州:浙江教育出版社,2004 年版,第 2706 頁。

出地尋丈，因列坐其下。上不見日，清風徐來，綠雲自動。間於疏處窺見遊人畫船，亦一樂也。揭來吳興，數得相羊荷花中。又夜泛西湖，光景奇絕。故以此句寫之。」（姜夔《念奴嬌》序）足見清風吹拂美雨澆淋，宋末四大詞人欲蹈襲白石韻度，宜乎清美之穹廬，籠蓋其國破家亡前的詞篇與人生了。

二、肉體狂歡
——論南朝人與宋詞人柳永之沉溺豔情

　　不同於魏晉士人，同樣以哲學之無為生命地基的南朝人則將有建構在男女豔情上，他們在豔情中迷醉，將之作為安放虛無生命的落點，南朝宮體詩人斯可作為其典型代表。

　　魏晉南北朝時期門閥制度甚嚴，宋、齊、梁三代，法律明文規定，寒門子孫在三十歲以上者才能試吏，世家大族子弟二十歲就可以登第出仕，「平流進取，坐致公卿。」〔註12〕森嚴的階級等級造成了社會的不平等，並且使這樣的不平等以馬太效應遞增和延續，一些人出生初始就口含金鑰匙，不需努力一輩子都可以在家世門第和祖先的恩蔭庇護下安享富貴尊榮，不同於科舉取官制度下的「書中自有黃金屋，書中自有顏如玉」，而是「祖蔭中自有黃金屋，祖蔭中自有顏如玉」。貴族公子們一切得之太易，可年輕人太過豐盛的力比多總該有所釋放，它們該流向何處呢？《金石略序》云：「觀晉人字畫，可見晉人之風猷；觀唐人書蹤，可見唐人之典則。」諒哉！觀南朝宮體詩可知南朝人之心向，以蕭剛為代表的宮體詩人談論創作觀道：「未聞吟詠性情，反擬《內則》之篇，操筆寫意，更摹《酒誥》之作。」（蕭綱《與湘東王書》）「立身之道，與文章異。立身先須謹重，文章且須放蕩。」（蕭綱《誡當陽公大心書》）言論若此，但真實情況卻是南朝宮體詩人不僅為文放蕩無羈，為人也放

〔註12〕詹福瑞，李金善：《士族的輓歌》，保定：河北大學出版社，2002 年版，第 24 頁。

浪縱恣，並不如其言謹重收斂。南朝不少皇帝都是溺於豔情豔詞的
風月帝王，兒女情腸遠勝文韜武略，君臣眼中再難有社稷民瘼、家
國天下了，「後主於清樂中造《黃驪留》及《玉樹後庭花》、《金釵
兩鬢垂》等曲，與幸臣等制其辭，綺豔相高，極於輕蕩，男女倡和，
其聲甚哀。」（《隋書·樂志》）上行下效，整個社會都漸漸沉迷於
二八佳人的奇姿媚態和多情徐娘的翩翩裙角中了。

　　如此時代風習與社會大環境相關，那是一個政壇上你方唱罷我登
臺的亂世，世間規矩蕩然，「羈鞍仁義，纓鎖禮樂」（葛洪《意林》），
思想界已無可以統領人心的價值觀了，哲學之「無」再次體現。「《涅
槃》說在宋（南北朝宋）之後盛行，是頗值得思考的一件事。是否與
士族的心態有關？」〔註13〕斯時已從西域引入了佛學思想，可這些貴
介子弟又怎能甘心於佛門中的枯寂生活？在哲學之無的地基上，他們
將男女豔情作爲了生命之有。史乘中關於南朝人溺於肉欲狂歡的記載
甚多，姑引兩例以觀之：「於是孝武不親萬機，但與道子酣飲爲務，
姆姆尼僧，尤爲親昵。許榮上書曰：臣聞佛者清遠玄虛之神，以五誡
爲教，絕酒不淫，而今之奉者，穢慢阿尼，酒色是耽。」（《晉書》六
十四《簡文帝傳》）「山陰公主，淫恣過度。謂帝曰：妾與陛下，雖男
女有殊，俱託體先帝，陛下後宮數百，妾惟附馬一人。事不平均，一
何至此！帝乃爲立面首左右三十人。」（《南史·宋廢帝紀》）……如
此一頭紮進兩性豔情世界將整個身心沉溺於此的做法歷史發展至此
斯爲首例，這些人的作爲不可避免地具有著末世頹費色彩，歷史上對
南朝文和人的輕靡進行道德歸罪的文字不勝枚舉，郭茂倩《樂府詩集》
卷六十一論《雜曲歌辭》云：「自晉遷江左，下逮隋唐，德澤寢微，
風化不競，去聖逾遠，繁音日滋，豔曲興於南朝，胡音生於北俗，哀
淫靡漫之辭，疊作並起，流而忘返，以至陵夷。原其所由，蓋不能制
雅樂以相變，大抵多溺於鄭衛，由是新聲熾而雅音廢矣。雖冶情之作，

〔註13〕詹福瑞，李金善：《世族的輓歌》，保定：河北大學出版社，2002 年
　　　版，第 37 頁。

或出一時，而聲辭淺近，少復近古。」沈德潛曰：「詩至蕭梁君臣上下，唯以豔情為娛，失溫柔敦厚之旨，漢魏遺軌，蕩然掃地矣。」（沈德潛《說詩晬語》）朱熹云：「『讀齊梁間人詩，四肢皆懶散不收拾』，鍾伯敬云：「讀晉宋以後《子夜》《讀曲》諸歌，想六朝人終日無一事，只將一副精神時日，於情豔二字上體貼料理，參微入透，其發為聲詩，去宋元填詞途徑，甚近甚易。非唐人一反之，順手做去，則填詞不在宋元，而在唐人矣。」

封建文化要求男性首先要服務於修身、齊家、治國、平天下的道德目標，幾千年的封建社會一直籠罩在「發乎情性，止乎禮義」的道德束縛下，兩性情感欲望、兩性情感欲望的另一性別主體女性世界很少會成為文化注目的中心，如若有作者對兩性豔情和女性世界多加表現，則易招致被主流社會譏諷、嘲笑和斥罵的命運。《詩經》中「鄭風」因情歌偏多，孔子就說：「鄭聲淫，放鄭聲」，陶淵明在《閒情賦》中願為心上人之「絹絲便鞋」，就被人視為品德上有「白璧微瑕」之憾，柳永寫了「針線閒拈伴伊坐」之類的詞句，為此付出了幾近終生被排斥於主流社會、微官卑職難以陞遷的代價。日本學者松浦友久認為，在中國愛情詩歌中，第一人稱手法的作品相當貧弱，原因是在「自古以來的社會風氣中，把女性作為同等資格的對等的對象，抒發對她的纏綿的戀情，在心理上容易產生阻力……耽溺於對婦人的感情理所當然是應當避免的。」〔註14〕儒家文化背景下的中國人這種過份壓抑身體欲望的做法往往造成了國人人格不能充分發展、人的完成留有較大缺口的嚴重弊端。西方文明對性和身體有著更為深刻的認識，勞倫斯在《三色董》中說：「愛因為被理想化，成為精神和意識的課題，所以愛就失去了平衡，達到一種混沌。而我們在現代必須認真考慮肉體或肉欲的獨立的性愛。」〔註15〕「總之，

〔註14〕松浦友久：《中國詩歌原理》，瀋陽：遼寧教育出版社，1990 年版，第 55 頁。
〔註15〕轉引自今道友信著，徐培、王洪波譯：《關於愛》，三聯書店，1987 版，第 124 頁。

我認爲禁欲不可能造就充滿活力而自立的人，也難以產生創造性的思想家，勇敢的解放者或改革者，倒是容易造就一批『行爲規矩』的弱者，他們在芸芸眾生中失去了自我，並不情願地聽任一些強者的擺佈。」（弗洛伊德語）〔註 16〕「性是一個通體的現象，我們說一個人渾身是性，也不爲過，一個人的性的素質是融貫他全部素質的一部分，分不開的。有句老話說得很有幾分道理：『一個人的性是什麼，這個人就是什麼。』」〔註 17〕欲望是人體內的火燒山，如果得不到充分滿足，過多的力比多就可能以神經症的病症形態外化，從而影響人的生存質量，這便是西方精神分析學家弗洛伊德傾數十年研究得出的結論，「我們應當將破壞性生活，壓制性生活，歪曲性目標的因素視爲精神神經症的病因學原因。」（弗洛伊德《文明的性道德與現代神經症》）〔註 18〕

　　南朝宮體詩人對豔情和女性世界予以了封建社會別一般的特別注目和著力表現，一部《玉臺新詠》便是一整幅兩性欲望狂歡圖，詩人沉迷於兩性豔情中留連忘返，這是中華文明史上複雜的一頁，既有因之荒殆國政讓人深致譴責的一面，然而就人生意義多元化的角度而言、就開啓了情愛、性愛的發現之旅而言，南朝宮體詩人之豔情寫作、南朝人以男歡女愛爲中心的生活方式也自有其具發現意義該受肯定的一面。柳永的豔情詞中繼續著這樣的發現之旅，身體無羞無愧的欲望訴說再次被聽到，柳永 210 多首詞中有近 180 首與男女豔情有關，《四庫全書總目·樂章集一卷提要》云：蓋詞本管絃冶蕩之音，而永所作旖旎近情，故使人易入。〔註 19〕鄒袛謨《遠志齋詞衷》云：毛馳黃云：蓋《樂章集》多在旗亭北里間，比《片

〔註 16〕轉引自今道友信著，徐培、王洪波譯：《關於愛》，三聯書店，1987版，第 613 頁。

〔註 17〕靄理士著，潘光旦譯：《性心理學》北京：商務印書館，1997 年版，第 9 頁。

〔註 18〕弗洛伊德著，東文博主編：《弗洛伊德文集》，長春：長春出版社，2004 年版，第 607 頁。

〔註 19〕吳熊和：《唐宋詞彙評》，杭州：浙江教育出版社，2004 年版，第 45頁。

玉詞》更宕而盡。〔註20〕豔情詞在《樂章集》中比比皆是：

晝夜樂

柳　永

秀香家住桃花徑。算神仙、才堪並。層波細翦明眸，膩玉圓搓素頸。愛把歌喉當筵逞。過天邊，亂雲愁凝。言語似嬌鶯，一聲聲堪聽。　洞房飲散簾幃靜。擁香衾、歡心稱。金爐麝嫋青煙，鳳帳燭搖紅影。無限狂心乘酒興。這歡娛、漸入嘉景。猶自怨鄰雞，道秋宵不永。

錦堂春

柳　永

墜髻慵梳，愁蛾懶畫，心緒是事闌珊。覺新來憔悴，金縷衣寬。認得這疏狂意下，向人誚譬如閑。把芳容整頓，恁地輕孤，爭忍心安。　依前過了舊約，甚當初賺我，偷翦雲鬟。幾時得歸來，香閣深關。待伊要、尤雲殢雨，纏繡衾、不與同歡。盡更深、款款問伊，今後敢更無端。

定風波

柳　永

自春來、慘綠愁紅，芳心是事可可。日上花梢，鶯穿柳帶，猶壓香衾臥。暖酥消、膩雲嚲。終日厭厭倦梳裏。無那。恨薄清一去，音書無個。　早知恁麼。悔當初、不把雕鞍鎖。向雞窗、只與蠻箋象管，拘束教吟課。鎮相隨，莫拋躲。針線閒拈伴伊坐。和我。免使年少，光陰虛過。

柳永充分反映了在豔情中找到生活慰安和樂趣的市民意識，受眾極多，那些貶抑柳永詞作的很多上流社會中人內心深處其實也頗為喜愛柳永的這些豔詞，只不過文人善於自晦形跡、自欺欺人罷了，否則柳永詞怎麼可能達到「凡有井水飲處，即能歌」的程度。柳永的豔詞在南朝「宮體詩」的基礎上轉入新境，「止乎衽席之間」「思極閨闈之

〔註20〕吳熊和：《唐宋詞彙評》，杭州：浙江教育出版社，2004 年版，第 51 頁。

內」(《隋書・經籍志》) 的宮體詩所描寫的豔情是他者豔情，詩人對他者豔情進行了客體化描寫，創作者是抽離在外的，而被視爲浪子詞人的柳永豔情詞中既有著對他者情感欲望的代言，更有著作者情感欲望之眞實表白，據粗略統計，柳永 213 首詞中以第三人稱的「代言」方式寫作的僅 20 餘首，只占柳詞總數的近十分之一，其餘 190 餘首都是創作主體從第一人稱視角出發的自我抒情。在「未慣羈遊況味，征鞍上、滿目淒涼——以柳永、周邦彥爲例體味宋詞人的浮萍意識和自贖路徑」一章中筆者曾闡述過女性溫柔鄉是柳永失志不平後的精神歸依，柳永爲羈旅行役詞創建了羈旅+豔情的嶄新模式，柳永在羈旅行役詞中賦予了兩性豔情以精神歸所的嶄新定位，浪子才人的政治失意感、卑官微職輾轉各地的天涯漂泊感在女性淺斟低唱的呢喃軟語聲中、在紅粉佳人溫香暖玉的懷抱中、在紅顏知己惺惺相惜的情感慰籍中得以撫平。學人王洪將柳永的豔情歸依看作文人「自屈原之進、陶潛之隱後的第三種人生道路」[註21]，柳永的自我救贖方式給失意士人提供了一條解脫新徑，「今宵酒醒何處，楊柳岸曉風殘月」、「執手相看淚眼，竟無語凝噎」已成爲經典場景鐫刻在中國文人的心靈深處。歐陽凱說「錦爲耆卿之腸，花爲耆卿之骨，名章雋語，笙簧間發」(據《崇安縣志》)，以花爲骨以錦爲腸的柳永其豔情詞我在其中的書寫方式與主流詞壇相違逆，故其詞其人都被道貌岸然的上層社會所擯斥，「作爲一種與傳統的文藝創作異質的都市文化產品，對於士大夫的倫理道德體系有很大的對抗、滲透和腐蝕、分解作用，因而必然遭到意欲通過建立理學來維繫傳統儒家的主體地位的統治集團的抵制和圍攻。」[註22] 但他卻也因此成了歌女妓女們信賴和喜愛的白衣卿相，《方輿勝覽》中的一則故事寫盡了歌女們對柳永的眞情意：「仁宗

〔註21〕王洪：《近代俗文化的先聲：柳永詞論》，《江西社會科學》，1998 年，第 3 期。

〔註22〕劉揚忠：《唐宋詞流派史》，福州：福建人民出版社，1999 年版，第 78 頁。

嘗曰：『此人任從風前月下，淺斟低唱，豈可令仕宦！』遂流落不偶。卒於襄陽，死之日家無餘財，群妓合金葬之於南門外，每春月上冢，謂之『弔柳七』。兩宋時期爲歌女寫詞的詞人多矣，何人能像柳永這樣得歌女們的如此厚愛。

　　人的欲望終不可掩，身體和精神的滿足對於一個人的自我實現來說都是不可偏廢的，中國封建時代一直在試圖壓抑人的身體欲望，試圖使活生生的人變成道德理念的圖解和僵死標本，由於文化傳統的原因，至今仍有很多中國人對身體的自然欲望持有著不正常的態度，如直至今天宮體詩還被一些人斥爲「淫靡筆墨」、「純粹用一雙色情眼光來觀察現實生活」、「污穢的同性戀描寫，眞是不堪入目。」〔註23〕在中國文明進程中像宮體詩人和柳永這樣替身體發聲的作家及其所創作的文本因此便具有了文學史和思想史上的雙重意義。

三、翼翼歸鳥
──論陶淵明的生命境界及宋詞人的心儀瓣香

　　「陶淵明是中國最偉大的詩人和中國文化上最和諧的產物。」〔註24〕「研讀淵明的詩，我們可以體悟到，一個偉大的靈魂，如何從種種矛盾失望的寂寞悲喜中，以其自力更生，終於掙扎解脫出來而做到轉悲苦爲歡愉，化矛盾爲圓融的一段可貴經歷。這其間，有仁者的深悲，有智者的妙悟，而歸其精神與生活的止泊，於『任眞』與『固窮』的兩大基石上，從而建立起他的『傍素波干青雲』的人品來，而且以如此豐美的含蘊，毫無矯飾地寫下了他那『千載下，百篇存，更無一字不清眞』的，『豪華落盡見眞淳』的不朽詩篇。」〔註25〕人需同自

〔註23〕鍾憂民：《中國詩歌史》魏晉南北朝，長春：吉林大學出版社，1989年版，第345頁。
〔註24〕林語堂：《生活的藝術》，西安：陝西師範大學出版社，2006年版，第126頁。
〔註25〕葉嘉瑩：《迦陵論詩叢稿》，北京：中華書局，1984年版，第47頁。

然、社會、他人達成和諧，更需在一己內面世界中達成和諧，否則衝突不已的生命將成為與存在原義相悖的負值，圓融和諧的生命境界已成為文明道路上追索不已的人類永恒的文化鄉愁。和諧思想尤其為中國文化所推崇，翻開中國古代群經，我們會搜索到許多關於「和諧」思想的闡述，《周易‧大傳》中云：「保全太和乃利貞。」《周禮‧春官‧大司樂》云：「以樂德教國子：中、和、祇、唐、孝、友。」《禮記‧樂記》云：「樂者，天地之和也；禮者，天地之序也。和，故萬物諧化；序，故群物皆別。」《禮記‧效特性》云：「陰陽和而萬物得。」《中庸》開篇即說：「喜怒哀樂之未發，謂之中；發而皆中節，謂之和。中也者，天下之大本也，和也者，天下之達道也。致中和，天地位焉，萬物育焉。」陶淵明圓融和諧的生命境界亦是來自於艱難困苦的人世間，「鳥盡廢良弓」、「無路之不澀」〔註 26〕，是淵明對官場和政治的基本認知，他亦同樣感受著人終將被死亡終結全部可能性的精神深淵：「天地長不沒，山川無改時。草木得常理，霜露榮悴之。謂人最靈智，獨復不如茲。適見在世中，奄去無歸期。」「身沒名亦盡，念之五情熱」（陶淵明《形影神》），對於陶淵明與眾人相似的思想起點朱光潛先生談道：「談到感情生活，正如他的思想一樣，淵明並不是一個很簡單的人，他和我們一般人一樣，有許多矛盾和衝突；和一切偉大詩人一樣，他終於達到調和靜穆，我們讀他的詩，都欣賞他的『沖澹』，不知道這『沖澹』是從幾許辛酸、苦悶得來的。」〔註 27〕從悲劇體認起點出發經歷心靈的自我救贖終至和諧圓融生命境界的心路歷程真實地反映在陶淵明的作品中，在他的詩文中我們既能感受到生命終點的沖澹靜穆，亦能體味到其過程中的悲和惑，他的起點與我們這些受盡沉淪之苦的芸芸眾生是相同的，所以「在對人生解脫問題的探索中」「找到了自己所特有的歸宿」的陶淵明對眾生的世間良

〔註 26〕龔斌：《陶淵明集校箋》，上海：上海古籍出版社，1996 年版。
〔註 27〕朱光潛：《詩論》，北京：三聯書店，1998 年版，第 293 頁。

好生存很具有參考意義〔註28〕，這就無怪乎後人往往將他作爲人格樣板和生命智慧的取資對象了。

　　李建中《魏晉文學與魏晉人格》一書中將建安文學以來的人格生成模式概括爲：「鄴下──竹林──金谷──蘭亭──南山」，並將與之相表裏的心理流變過程析爲「孕育──徘徊──焦慮──消釋──重鑄」〔註29〕，陶淵明以南山心境給魏晉士人的人格發展歷程畫上了一個圓滿的句號。南山一詞來源於下面這首詩，「結廬在人境，而無車馬喧。問君何能爾，心遠地自偏。採菊東籬下，悠然見南山。山氣日夕佳，飛鳥相與還。此中有眞意，欲辨已忘言。」（《飲酒》其五）關於這首詩，前人曾論過望南山和見南山的區別，其實並不僅僅是語彙使用的區別，更是其中所體現出的生命境界的區別，「望」表暴出無家之人蒼皇覓家的急切與惶然，「見」則顯現出時時處處攜帶著生命原鄉之人悠閒自得的情態。「採菊東籬下，悠然見南山，此其閒遠自得之意，直若超然邈出宇宙之外！」（蔡寬夫《蔡寬夫詩話》）這樣的人焦燥乾巴之氣遠離了他、湯火自煎之苦遠離了他。「拾遺句中有眼，彭澤意在無弦」（《山谷集》卷十二《贈高子勉》），陶淵明終於能夠在北窗下彈奏那把意念中的無弦琴了，他的生命終於能夠散發出生命和宇宙並奏的和諧樂音了。現代美學大師宗白華讚歎道：「大詩人陶淵明的『日暮天無雲，春風扇微和』，『即事多所欣』『良辰入奇懷』，寫出這豐厚的心靈觸著每秒光陰都成了黃金。」〔註30〕陶淵明最喜寫「歸鳥」意象，這一隻飛翔於鳶飛魚躍樸茂天地間的「翼翼歸鳥」不正是解開了命運謎底抵達了和諧圓融生命原鄉的詩人自己嗎？詩人是眞正地徹悟人生了，他終於可以安然地談及生死了，陶淵明詩中，直接以生死爲主題的有 51 首，如果算上間接表現這一主題的則似乎

〔註28〕李澤厚，劉綱幾：《中國美學史──魏晉南北朝編》，安徽文藝出版社，1999 年版，第 362 頁。
〔註29〕李建中：《魏晉文學與魏晉人格》，武漢：湖北教育出版社，1998 年版，第 137 頁。
〔註30〕宗白華：《藝境》，北京：北京大學出版社，1997 年版，第 140 頁。

可以說，淵明詩文中篇篇有死，「在中國古代文學中，像這樣動人地吟詠人生之死的詩，差不多可以說絕無僅有。這裏有一種深刻的哀傷，但又是一種大徹大悟的哀傷。它以一種極爲冷靜的眼光去看人生的死。」〔註 31〕吳小如認爲：「眞正能勘破生死觀者，在當時恐怕只有陶淵明一人而已。」〔註 32〕孔子曾說「未知生，焉知死」，對生死已經了然了的五柳先生在生死問題上是超邁於孔子了，他在「飛鳥相與還」的那隻歸鳥中看到了怡然微笑著的自己，詩人如此善處生命之道，故我們可以將他「田園詩人」「隱逸詩人」的頭銜置換爲「生命詩人」。

　　陶淵明如何達此圓融之境，後人各有所解，葉嘉瑩先生以「日光七彩之融爲一白」來說明陶淵明在思想資源上的博採眾家〔註 33〕，他不被任何一家學說所囿，而是博採廣收以合成自己的思想和生命之圓。接下來我們可以看看陶淵明思想之圓的組成部分，「『心遠地自偏』這句話最能代表他的人生哲學。所謂脫俗，並不在於身之所處，而在心之所安。只要自己的心遠離塵世，雖然身處人境，也不會沾染人世的庸俗。」〔註 34〕心遠便減去了物傷己傷，減去了惑染煩污，做完了減法之後再做加法，在日常生活中加進盎然詩意和審美情趣，元氣淋漓、圓融和諧的生命境界便可漸漸孕化而出，「陶詩的一大特點也是他的一種開創，就是將日常生活詩化，在日常生活中發現重要的意義和久而彌深的詩味。」〔註 35〕陳寅恪先生則說：「自然本爲道家尤其是魏晉玄學之核心範疇，而淵明之自然在玄學各家之外『別有進步之

〔註 31〕李澤厚，劉綱紀：《中國美學史魏晉南北朝編》，合肥：安徽文藝出版社，1999 年版，第 399 頁。

〔註 32〕吳小如：《漢魏六朝詩鑒賞辭典》，上海：上海辭書出版社，1992 年版，第 599 頁。

〔註 33〕葉嘉瑩：《迦陵論詩叢稿》，北京：中華書局，1984 年版，第 41 頁。

〔註 34〕袁行霈：《陶淵明研究》，北京：北京大學出版社，1997 年版，第 51 頁。

〔註 35〕袁行霈主編：《中國文學史》第二卷，北京：高等教育出版社，1999 年版。

創解』，此之謂『新自然說』，其要旨在委運任化。」〔註36〕在《形神影》組詩中，陶淵明借形影神之言，把人生意義分爲三個層次：及時行樂、役名求善、縱浪大化，他否定了前兩者而肯定了後者，陳寅恪先生說：「此三首實代表自曹魏至東晉時士大夫政治思想人生觀演變之歷程及己身創獲之結論，即依據此結論以安身立命者也。」〔註37〕「化遷」「化」「遷化」之類的字眼反覆出現在陶淵明的作品中，「縱浪大化」「委運任化」，便放棄了心靈的矛盾掙扎，便能從自造的心獄中解脫了。上述學者對陶淵明生命自贖路徑的分析各有其理，都是陶淵明心香之一瓣，它們都是思想之「用」，爾後合成爲一個共同的「體」——圓融和諧的生命境界。

　　如何能有綠水長河的人生，如何將生命從情累中釋放出來，人文學家們各有悟解，如上編開頭所臚列的一些方案，其中有些並不能眞正實踐於我們的現實人生，如莊子的逍遙遊圖景不可謂不超邁高遠、自由自得，但它只能是一種飛翔著的詩意理想，找不到現實停靠的枝頭。與莊子相比，陶淵明的自贖方式更具有人間性和現實操作性，「陶淵明是酷愛人生的……他由這種積極的合理的人生態度而獲得他所特有的與生和諧的感覺。這種生之和諧產生了中國最偉大的詩歌。他是塵世所生的，是屬於塵世的，所以他的結論不是要逃避人生，而是要『懷良辰以孤往，或植杖而耘籽。』陶淵明僅是回到他的田園和他的家庭的懷抱裏去，結果是和諧而不是叛逆。」〔註38〕陶淵明爲塵世中陷入苦難淤泥的靈魂提供了一本福音書，歷代而下仰慕、受容並受用於陶淵明者不計其數，宋人更是如此，宋代可謂陶淵明的知音時代和陶淵明文化意義的發現時代，錢鍾書在

〔註36〕陳寅恪：《陶淵明之思想與清談之關係》，金明館叢稿初編，北京：三聯書店，2001 年版，第 220 頁。

〔註37〕陳寅恪：《陶淵明之思想與清談之關係》，金明館叢稿初編，北京：三聯書店，2001 年版，第 225

〔註38〕林語堂：《生活的藝術》，西安：陝西師範大學出版社，2006 年版，第 130 頁。

《談藝錄・二四》「陶詩顯晦」條說：「淵明文名至宋而極，永叔推《歸去來辭》爲晉文獨一，東坡和陶，稱陶爲曹、劉、鮑、謝所不及，自是厥後，說詩者幾於萬口同聲，翕然無間。」〔註39〕宋朝人對陶淵明的嗜賞異於前朝，魏晉南北朝時期陶淵明並無多大的影響力，鍾嶸《詩品》僅將之列爲中品詩人，唐朝陶淵明的欽羨者隊伍有所擴大，但對他的貶語亦很多，如王維早年時曾責難陶淵明守小而忘大，杜甫說「陶潛避俗翁，未必能大道。觀其著詩集，頗亦恨枯槁。」〔註40〕白居易認爲陶潛詩「篇篇勸我飲，此外無所云」〔註41〕，《蔡寬夫詩話》總結說唐人對陶淵明「絕無知其奧者。」時至宋朝，情況發生了改變，宋人既愛陶淵明其文更愛陶淵明其人，宋人贊陶詩道：「淵明作詩不多，然其詩質而實綺，臞而實腴，自曹、劉、鮑、謝、李、杜諸人，皆莫及也。」（蘇軾《與蘇轍書》）「陶公詩造平淡而寓意深遠，外若枯槁中實敷腴，眞詩人之冠冕也。」（曾紘《讀山海經》其十注）「世之詩，陶杜二公而已。陶以己之天眞，運改之風格，詞意又加烹煉，故能度越前人；若杜兼眾善而有之者也。余以爲靖節如老子，少陵如孔子。」（陳仁子《牧萊脞語》卷七）「至於淵明，則所謂不煩繩削而自合者。」（黃庭堅《題意可詩後》）宋人贊其人道：「陶淵明無功德以及人，而名節與古忠臣義士等。」（李邦獻《省心雜言》）「平生尙友陶彭澤，未肯輕爲折腰客。」（朱熹《題霜傑集》）「自建安七子，六朝、有唐及近世諸人，思無邪者，惟陶淵明、杜子美耳，餘皆不免落邪思也。」（張戒《歲寒堂詩話》卷上）「陶淵明、杜子美皆一世偉人也。」（葛立方《韻語陽秋》卷二〇）……對陶淵明作品的分析、追和和評論在宋朝出現了空前的

〔註39〕陶淵明資料編寫組：《陶淵明資料彙編》上冊，北京：中華書局，1984年版，第88頁。

〔註40〕〔唐〕杜甫：《杜甫全集》，上海：上海古籍出版社，1979年版，第35頁。

〔註41〕〔唐〕白居易：《白居易集》，北京：中華書局，1979年版，第107頁。

熱潮，湯漢爲陶淵明詩作注，王質、吳仁傑、張縯等人爲陶淵明作年譜，蘇軾、朱熹、葛立方、胡仔等人多次品評陶淵明的詩格文格人格，蘇軾寫有數量很多的和陶詩，「效陶之平淡，相濟而成溫厚之音」（趙克宜《角山樓蘇詩評注彙鈔》卷二○）。

　　全宋詞中與陶淵明相關的典故舉不勝舉，「夢中了了醉中醒。只淵明。是前生」、「詩有淵明語，歌無子夜聲」、「淵明元與世情疏。松菊愛吾廬」、「秋水瑩精神。靖節先生太逼眞」、「催科自笑陽城拙，勇退應慚靖節高、向武昌溪畔，於彭澤門前。陶潛影，張緒態，兩相牽、陶潛影，張緒態，兩相牽」、「都是斜川當日境，吾老矣，寄餘齡、虛過今春。有愧斜川得意人」……宋詞中直接以陶淵明及與之相關肯定代表陶淵明的字號官職地名等入詞的意象有 285 個（據國學寶典新版《全宋詞》），在全宋詞中達 1.4% 之多，這一現象頗堪玩味，若把菊、酒、柳、松、三徑、無弦琴、閒情、五斗等「陶淵明化」的意象加入其中的話比例就更大了。可見「陶淵明」這一隻翼翼歸鳥不斷地飛臨宋詞人的思想天空，爲他們馨香禱祝，在上編的宋詞人心靈大觀園中我們時不時地會看到這隻翼翼歸鳥的身影，如在上編「湖山隱逸熄滅心火　柴門小扉嘯傲餘生：四人元蒙時期在隱者家園以詩詞吟唱的嘯翁姿態姿強自熄滅遺民心火並潤飾餘生」之章節中我們感受過宋遺民詞人對陶淵明的受容：

沁園春

爲老人書南堂壁

蔣　捷

　　也學那陶潛，籬栽些菊，依他杜甫，園種些蔬。除了雕梁，肯容紫燕，誰管門前長者車。

　　但夏榻宵眠，面風欹枕，冬簷晝短，背日觀書。

　　明言欲學陶潛的處世態度，遠離紅塵俗務，與門前長者分道而行，只和略無機心的大自然及菊、蔬、燕等大自然中物共處，以此來消減生命中幾乎不能承受之重的遺民情累。

「煙波釣徒擬釣曠放　四鄉寓公周流遍視：陸游擬藉故鄉山林雲水、辛棄疾擬借醉鄉睡鄉溫柔鄉白雲鄉和佛老莊禪陶公三徑忘卻愛國情苦」之章節中我們可以體味出心性纏綿的深情鬱勃詞人辛棄疾對於生命已抵達圓融和諧之境的這只翼翼歸鳥心嚮往之而不能至的無奈，辛棄疾詞中有太多與陶淵明相關的意象，僅直乎淵明其名者就有很多，如：「我愧淵明久矣，獨藉此翁湔洗，素壁寫歸來。」（《水調歌頭》）、「知音弦斷，笑淵明、空撫餘徽」（《新荷葉》））、「人生行樂耳，身後虛名，何似生前一杯酒。便此地、結吾廬，待學淵明，更手種、門前五柳」（《洞仙歌》）、「今宵依舊醉中行。試尋殘菊處，中路侯淵明」（《臨江仙》）、「過吾廬、定有幽人相問，歲晚淵明歸來未」（《西河》）……汪莘道：「余於詞喜三人，蓋至東坡而一變，其豪妙之氣，隱然流於言外，天然絕作，不假振作，二變而為朱希真，多塵外之想。三變而為辛稼軒，乃寫其胸中事，尤好稱淵明。」可見這頭戰場上的青兕在政治理想受阻精神受困時是如何嚮慕並試圖抵達這隻翼翼歸鳥的生命境界的。

重九席上

　　龍山何處，記當年高會，重陽佳節。誰與老兵供一笑，落帽參軍華髮。莫倚忘懷，西風也曾，點檢尊前客。淒涼今古，眼中三兩飛蝶。

　　須信採菊東籬，高情千載，只有陶彭澤。愛說琴中如得趣，弦上何勞聲切。試把空杯，翁還肯道，何必杯中物。臨風一笑，請翁同醉今夕。

顧隨《稼軒詞說》對《重九席上》一詞解釋道：「稼軒手段既高，心腸又熱，一力擔當，故多煩惱。英雄本色，爭怪得他？陶公是聖賢中人，擔荷時則捆起便行，放下時則懸崖撒手。稼軒大段及不得。試看他《滿江紅》詞句：『天遠難窮休久望，樓高欲下還重倚』，提不起，放不下，如何及得陶公自在。這及不及處，稼軒甚有自知之明，所以對陶公時時致其高山景行之意。一部長短句，提到陶公處甚多。只看他《水調歌頭》詞中有云：『我愧淵明久矣，猶藉此翁湔洗，素壁寫

《歸來》。』眞是滿心欽佩，非復尋常讚歎，並不效顰。所以苦水不但肯他贊陶，更肯他不效陶，尤其肯他雖不效陶，卻又瞭解陶公心事。」辛棄疾亦知道如果眞能像陶淵明那樣隨緣任運、隨處放手，他個人也就得救了，可他原本「放不下」，因這「放不下」故有「三仕三已」之令作者自嘲的經歷，這「放不下」是他對國家纏綿不已的心性所致，因這「放不下」使他終究成不了陶淵明那樣達人自解的哲人，也因這「放不下」使他成爲了中華文明史上的一個令人千載感佩瞻望的悲劇英雄。

蘇軾是陶淵明文化意義上的發現者，黃州貶謫使得蘇軾持有如夢人生的生命夢觀後，蘇軾欲與陶淵明在精神上結盟、亦成爲翩翩於無機心天宇的活潑潑精魂。蘇軾的《哨遍》一詞對陶淵明的作品進行了隱括。

哨　遍

公舊序云：陶淵明賦歸去來，有其詞而無其聲。余治東坡，築雪堂於上，人俱笑其陋。獨鄱陽董毅夫過而悅之，有卜鄰之意。乃取歸去來詞，稍加隱括，使就聲律，以遺毅夫。使家僮歌之，時相從於東坡，釋耒而和之，扣牛角而爲之節，不亦樂乎。

爲米折腰，因酒棄家，口體交相累。歸去來，誰不遣君歸。覺從前皆非今是。露未晞。征夫指予歸路，門前笑語喧童稚。嗟舊菊都荒，新松暗老，吾年今已如此。但小窗容膝閉柴扉。策杖看孤雲暮鴻飛。雲山無心，鳥倦知還，本非有意。

噫。歸去來兮。我今忘我兼忘世。親戚無浪語，琴書中有眞味。步翠麓崎嶇，泛溪窈窕，涓涓暗谷流春水。觀草木欣榮，幽人自感，吾生行且休矣。念寓形宇內復幾時。不自覺皇皇欲何之。委吾心、去留誰計。神仙知在何處，富貴非吾志。但知臨水登山嘯詠，自引壺觴自醉。此生天命更何疑。且乘流、遇坎還止。

張德瀛《詞徵》卷五論此詞道：「長樂陳翼論其詞云：『歌《哨遍》

之詞，使人甘心澹泊，而有種菊東籬之興。』可謂知言」〔註42〕與辛棄疾不同，蘇軾真正受容了陶淵明的生命智慧，使之成為其回歸生命原點的人生之圓中的一個重要組塊，究其因，首先，蘇軾是善處生命之道的「衣冠偉人」，而辛棄疾卻是渴望在戰場上搏殺的「弓刀游俠」，面對童年時代便開始成長起來的殺金復國的補天志願在現實中難以兌現的局面，無論什麼樣的自贖資源，都無法使他坦然處之，另外，時代環境已完全不同了，蘇軾尚處身趙宋王朝的完璧之中，而身處殘山剩水中的辛棄疾卻滿眼半壁江山垂垂欲倒的景象，國勢已然大不相同，心境自是難以趨同。

宋詞人心靈大觀園中有太多宋詞之花沾染上了這位生命詩人的色澤，而因之綻放得更為舒展潤澤。

〔註42〕吳熊和：《唐宋詞彙評》，杭州：浙江教育出版社，2004年版，第493頁。

第四章　唐朝與宋

　　封建文明之樹經過先秦的生根發芽、漢朝的茁壯生長和魏晉南北朝的玄風吹拂美雨澆淋，在唐朝已然是一顆參天大樹了，青枝綠葉在風中婆娑起舞，一切都呈現出了青春期旺盛鮮活、元氣淋漓的的生命活力，若要選擇一些體現唐人主流人格風神的典型性心靈標本的話，縱恣自由飄灑曠放的詩仙李白、人溺己溺人饑己饑的詩聖杜甫、幽深靜穆清遠散緩的詩禪王維大概是最好的人選了，他們從各自不同的側面表達著詩唐的獨特時代風神。返觀上編構建的宋人心靈大觀園，同被譽爲仙的蘇軾生命的自由超舉與李白庶幾近似，辛棄疾堪稱杜甫的宋朝精神傳人，「雖與人事接，閉門成隱居」的王維其塵世閉門姿態爲多位宋詞人所傚仿。

一、仙姿翩翩
——論李白和蘇軾自由超舉的美麗人生

　　在中國文壇上震古爍今的影響力方面堪與李白相比肩者寥寥，李白已成爲中國的重要文化符號，其文化意義已然超過了李白其人其文。在王琦注本《李太白全集》中，「我」字出現了 408 次之多，「余」字和「吾」字出現次數分別是 176 次、116 次（李白著，王琦注：《李太白全集》，北京：中華書局，1997 年版），《李太白全集》

中的五十九首古風可看作是李白的思想代表作，其中有 20 篇出現了
「我」「余」「吾」之類的第一人稱字眼，可見李白在詩文中充分進
行了自我表現，其作品是作者思考自我生命的精神結晶，我們可從
中解讀李白的文化人格。

　　酒和月是李白詩歌的中心意象，「床前明月光，疑是地上霜。
舉頭望明月，低頭思故鄉」、「俱懷逸興壯思飛，欲上青天覽日月」、
「蟾蜍薄太清。蝕此瑤臺月」、「明月出海底。一朝開光曜」、「孤蘭
生幽園。眾草共蕪沒。雖照陽春暉。復悲高秋月」、「交道方險口。
斗酒強然諾」、「且樂生前一杯酒。何須身後千載名」……，「在太
白詩集中，詠月之多達三百餘處，足見詩人平生對於月亮的酷愛」
〔註1〕，「李白斗酒詩百篇」已成國人耳熟能詳、小兒朗朗上口之語，
《將進酒》一詩更是詠酒的經典名篇：「君不見黃河之水天上來。
奔流到海不復回。君不見高堂明鏡悲白髮。朝如青絲暮成雪。人生
得意須盡歡。莫使金樽空對月。天生我材必有用。千金散盡還復來。
烹羊宰牛且為樂。會須一飲三百杯。岑夫子。丹丘生。將進酒，君
莫停。與君歌一曲。請君為我側耳聽。鐘鼓饌玉不足貴。但願長醉
不願醒。古來聖賢皆寂寞。惟有飲者留其名。陳王昔時宴平樂。斗
酒十千恣歡謔。主人何為言少錢。徑須沽取對君酌。五花馬。千金
裘。呼兒將出換美酒。與爾同銷萬古愁。」

　　「為了把這醉心自由的情態張揚到極致，李白尋覓到兩個最真
切最傳神的意象……酒與月。李白善飲，他的酒杯裏裝滿了盛唐的
月光，這兩種物象也最能體現盛唐精神，酒在李白那裏瀟灑而奔
放，月亮在他那裏高古而圓融，李白唱出了盛唐的最強音。」〔註2〕
酒和月的雙重意象疊合成了李白的自由心象，脫卻一切束縛、無可
羈勒的自由是李白精神的中心特質。酒和月亦是蘇軾詞篇中的慣常

〔註1〕　田幹生：《李白詩中之月亮》，《文史雜誌》，2002 年，第 3 期
〔註2〕　傅道彬：《歌者的悲歡：唐代詩人的心路歷程》，保定：河北大學出
　　　　版社，2006 年版，第 133 頁。

意象，「明月幾時有，把酒問青天」、「山中友，雞豚社酒，相勸老東坡」（蘇軾《滿庭芳》）、「我醉歌時君和，醉倒須君扶我，惟酒可忘憂」（蘇軾《水調歌頭》）、「一尊酒，黃河側。無限事，從頭說」（蘇軾《滿江紅》）、「木落淮南，雨晴雲夢，月明風嫋」（《水調歌頭》）、「推枕惘然不見，但空江、月明千里」（《水龍吟》）、「幸對清風皓月，苫茵展、雲幕高張」（《滿庭芳》）、「人生如夢，一尊還酹江月」（《念奴嬌》）……上編我們曾得出過這樣的結論：「蘇軾終籍先在的思想資源和生命的透脫智慧登臨內外洞澈、和諧自由的天地境界。」可見宋詞人蘇軾的生命境界與李白庶幾相似，世上沒有什麼能最終捆縛住他們的自由心靈，「這種精神上的真自由、真解放，才能把我們的胸襟像一朵花似地展開，接受宇宙和人生的全景，瞭解它的意義，體會它深沉的境地。」〔註3〕多少人為外物所縛或庸人自擾作繭自縛，心靈蜷縮在黑暗的洞穴中，生命因之失落了可貴的自由，所以文化史上僅存的少數如蘇軾和李白之類的自由之子會令人倍覺可貴可珍可賞。

　　自由之子有如天仙般神姿高秀、輕舉曠遠、天機流溢，李白和蘇軾都被後世公認為仙，李白被稱為詩仙、謫仙，蘇軾被稱為蘇仙、坡仙，許有壬道：「謫僊人品世無倫，況得坡仙重寫真。」（許有壬《至正集》卷二十六）李陽冰稱揚李白詩為「力敵造化」的「天仙之詞」（李陽冰《草堂集序》），宋代徐積說「噫嘻？奇哉！自開闢以來不知幾千萬餘年……忽生李詩仙……不知何物為形容，何物為心胸，何物為五臟，何物為喉嚨？……蓋有詩人以來，我未嘗見大澤深山……有如此之人，有如此之詩！」（《李太白雜言》）蘇東坡的文字「庭下如積水空明，水中藻，荇交橫，蓋竹柏影也」，被評為「仙筆也，讀之若玉宇瓊樓，高寒澄澈」（《唐宋十大家全集錄·東坡集錄》）。他們亦得意於仙之譽、衷心慕尚著僊人境界，「……司馬子微

謂余有仙風道骨，可與神遊八極之表。」（李白《大鵬賦·序》）「賀知章呼余爲謫僊人，蓋實錄耳。」（李白《金陵與諸賢送權十一序》）「有蓮居士謫僊人，酒肆藏名三十春」（李白《答湖州迦葉司馬問白是何人》），明李贄謂坡文「尋空奇幻，筆筆欲仙」（楊愼《三蘇文範》卷十六引）。現世的遭際無論窮達寵辱最終都無礙於他們塵世高蹈的自由心靈，他們的翩翩仙羽不會被世間的沉重拖墜下來，所以仙之譽對於他們來說是恰如其份的。

　　自由之子無視世間法則，裹有著天眞的赤子之心，林庚先生說：「李白的詩是最天眞的，這使得他的風格達於驚人的淳樸。」〔註4〕李白本人亦持有以天眞爲至美的美學觀，「聖代復元古，垂衣貴清眞」（《古風五十九首》其一）、「醜女來效顰，還家驚四鄰。壽陵失本步，笑殺邯鄲人。一曲裴然子，雕蟲傷天眞。棘刺造沐猴，三年費精神。功成無所用，楚楚且華身。大雅思文王，頌聲久崩淪。安得郢中質，一揮成斧斤。」（《古風五十九首》其三十五）蘇軾的生命觀、文藝觀亦如是，「且陶陶、樂盡天眞」（蘇軾《行香子》）、「天眞爛漫是吾師。」（《畫禪室隨筆·論用筆》）法國文藝理論家雅克·馬利坦稱這種異於孩童蒙昧期的別一種天眞爲天才的「創造性天眞」，他說：「雖然，天才這個詞所意味的模糊性是複雜的，但是從根本上說，天才與在無比深刻的層次上，在難以接近的靈魂幽深處形成的詩性直覺有關，一旦天才被用來表達形成那些創造領域的特點的特殊性質時，我們則苦於找不到一個適合於它的名詞。我，所能設想的一個缺點最少的名詞是『創造性天眞』……這種帶著詩性直覺的不可遏制的力量和自由的創造性天眞。」〔註5〕成人「這種帶著詩性直覺的不可遏制的力量和自由的創造性天眞」是模仿不來的，亦非學力所及，這樣的人水晶球般散發著通體透明的光

〔註4〕　林庚：《詩人李白》，上海：上海古籍出版社，2000年版，第53頁。
〔註5〕　〔法〕雅克·馬利坦著，劉有元，羅選民譯：《藝術與詩中的創造性直覺》，上海：三聯書店，1991年版，第272～273頁。

茫，燭照著落滿世俗灰塵、人文灰塵的沉淪者的灰暗面龐，令其產生隱隱然的觸動，觸動其回憶起人類黃金童年時代天真純淨的自由遠景。仙羽翩翩之謫仙在人間難免孤獨宿命，無論是蘇軾筆下的月下孤鴻意象、獨往來的幽人意象還是李白月下酌酒、對影成三人的情景，都散發著人間謫仙的曠世孤獨氣息，李白詩歌中的「孤獨」字眼出現得很頻繁，據不完全統計，僅「獨」字就出現有 140 次之多，這已然充分說明了在沉淪眾生中自由之子難尋堪可對話的同道者之現世境況，余秋雨先生道：「正是這種難言的孤獨，使他徹底地洗去了人生的喧鬧，去尋找無言的山水，去尋找遠逝的古人，在無法對話的地方尋找對話，於是對話也一定會變得異乎尋常。」（余秋雨《蘇東坡突圍》）〔註6〕宋人多稱揚詩聖杜甫，而對詩仙李白頗有微辭，黃徹《䂬溪詩話》卷二中對李白評論道：「如論其文章豪逸，真一代偉人，如論其心術事業，可施廊廟，李杜齊名，真忝竊也。」〔註7〕蘇轍對李白持有「其識污下」的看法：「太白詩類其為人，俊發豪放，華而不實，好事喜名，不知義理所在也。語用兵則先登陷陣，不以為難；語游俠則白晝殺人，不以為非。……永王將去江淮，白起而從之不疑，遂以放死。今觀其詩固然。」「杜甫有好義之心，白所不及也。」（蘇轍《詩病五事》）宋人是杜非李的好尚與宋人「後生好風花，老大即厭之」（范溫《潛溪詩眼》）之沉潛內斂的時代心理有關。而同為自由之子的蘇軾對李白的認知則異於時代主潮，蘇軾《仇池筆記》中說：「讀魯直詩，如見魯仲連、李太白，不敢復論鄙事，雖若不入用，亦不無補於世也。」贊其消盡鄙吝的高潔脫俗，在《李太白碑陰記》一文中蘇軾極譽李白的浩然正氣，他們是靈魂的異代同質者，故彼此間惺惺相惜也。

　　自由之子蘇軾和李白的心靈自由都是從現世挫折中輾轉升騰

〔註6〕余秋雨《山居筆記》，上海：上海文藝出版社，2000 年版，第 123 頁。
〔註7〕〔宋〕黃徹《䂬溪詩話》，北京：人民文學出版社，1998 年版，第 470～471 頁。

而來的，李白自幼懷有宏大的經世志向，「卷其丹書，匣其瑤瑟，申管晏之談，謀帝王之術，奮其智慧，願爲輔弼，使寰區大定，海縣清一。」（《代壽山孟少府移文書》）在《與韓荆州書》中李白道：「自幼好任俠，有四方之志，年十五而修劍術，二十而懷縱橫之策，欲遍干諸侯。仗劍去國，辭親遠遊，雖身長不滿七尺，而心雄萬夫。」李白詩歌中多次出現的大鵬意象便是其壯志偉抱的形象寫照，《李太白全集》裏的第一首詩就是《大鵬賦》，「大鵬一日同風起，扶搖直上九萬里。假令風歇時下來，猶能簸卻滄溟水。世人見我恒殊調，聞余大言皆冷笑，宣父猶能畏後生，丈夫未可輕年少。」李白坎坷遍嘗後仍以大鵬自喻，仍對未來充滿了信心，李白 62 歲死於安徽當塗，在生命的最後時刻，他還寫有「大鵬飛兮振八裔」的詩句（《臨終歌》），可見李白終身持守著雄豪的自我意識和經世濟世的政治抱負。安淇先生說：「他形形色色的思想中自有一根巨大的紅線貫穿始終。這就是封建盛世所激發出來的雄心壯志，要實現偉大的抱負，要建立不朽的功業。一念之貞，終身不渝，欲罷不能，至死方休。在這一點上，他同屈原一樣，同杜甫一樣，同一切偉大的歷史人物一樣。他們的一生都像一場熱戀、一場苦戀，一場生死戀。」〔註 8〕李白的政治熱戀最初似乎有著不錯的回應，由於玉眞公主的引薦，唐玄宗下詔徵李白入京，「降輦步迎，如見綺皓；以七寶床賜食，御手調羹以飯之。」（李陽冰《草堂集序》）但他如同封建社會的若干青年才俊一樣最終陷入了政治單戀和失戀中，唐玄宗認爲他「固窮相」「非廊廟器」，只是以點綴昇平、助興取樂的倡優蓄養之，孟棨《本事詩》載：「嘗因宮人行樂，（玄宗）謂高力士曰：『對此美景良辰，豈可獨以聲伎爲娛，倘時得逸才詞人吟詠人，可以誇耀於後。』遂命召白。時寧王邀白飲酒，已醉；既至，拜舞頹然。」《新唐書‧文藝列傳》云：「帝坐沉香亭子，意有所感，欲得白爲

〔註 8〕 安旗主編《李白全集編年注釋》，成都：巴蜀書社，1990 年版，第 7 ～8 頁。

樂章，召入而自己醉。」他不過是一件點綴皇帝風雅情懷的飾物而已。除了李白的政治才幹不爲唐玄宗認可外，李白的狂傲也難爲講究馴順的朝廷所容，《鼠璞》中說：「李白不能屈身，以腰間有傲骨」。（戴埴《鼠璞》）《侯靖錄》中的一則故事盡顯李白的傲岸氣度：「李白開元中謁宰相，封一板上，題云：『滄海一釣鼇客李白！』相問：『先生臨滄海釣巨鼇，以何物爲釣線？』白曰：『以風浪逸其情，乾坤縱其志，以虹霓爲絲，明月爲鈎。』相曰：『何物爲餌？』曰：『以天下無義丈夫爲餌。』時相竦然。」（趙德磷《侯靖錄》）在《代壽山答孟少府移文書》一文中李白夫子自道其頂天立地的偉丈夫人格：「近者逸人李白自峨眉而來，爾其天爲容，道爲貌，不屈己，不干人，巢由以來，一人而已。」這位狂傲不羈的詩人很快便招來了宮廷權貴們的忌恨，「白璧竟何辜，青蠅遂成冤」（《書情贈蔡舍人雄》），李白短暫的廟堂之行最終以「白玉樓青蠅，君臣忽行路」（《贈歷陽宗少府詩》）的結局收場。詩人曾經持有「待吾盡節報明主，然後相攜臥白雲」（《駕去溫泉宮後贈楊山人》）之功成身退理想，此時只能自嘲道：「若待功成拂衣去，武陵桃花笑殺人」（《當塗趙炎少府粉圖山水歌》）。蘇軾的仕宦之旅亦是時時處處路澀難行，君心猜忌、佞倖小人橫加阻梗……他對生命的局限性和一己多難的宦途有著清晰的認知，如其詞所示：「缺月掛疏桐，漏斷人初靜。時見幽人獨往來，縹緲孤鴻影。　　驚起卻回頭，有恨無人省。揀盡寒枝不肯棲，楓落吳江冷。」（《卜算子》）「大江東去，浪淘盡、千古風流人物。故壘西邊，人道是，三國周郎赤壁。亂石穿空，驚濤拍岸，卷起千堆雪。江山如畫，一時多少豪傑。　　遙想公瑾當年，小喬初嫁了，雄姿英發。羽扇綸巾談笑間，檣虜灰飛煙滅。故國神遊，多情應笑我，早生華髮。人生如夢，一尊還酹江月。」（《念奴嬌》）

由此，李白不能不產生「大道如青天，我獨不得出」（《行路難》）、「抽刀斷水水更流，舉杯消愁愁更愁」（《宣城謝朓樓餞別校叔雲》）

之慨歎，蘇軾不能不有「一生憂患常倍他人」（《蘇軾文集》卷六十二《石巷舒醉墨堂》）、「也擬窮途哭，死灰吹不起」（《寒食雨二首》之一）、「人生識字憂患始，姓名粗記可以休」（《石蒼舒醉墨堂》《蘇軾詩集》卷十八）、「此生忽忽憂患裏，清境過眼能須臾」（《舟中夜起》《蘇軾詩集》卷六）之深廣憂憤。「有耳莫洗穎川水，有口莫食首陽蕨。含光混世貴無名，何用孤高比雲月」（李白《行路難三首》之三），生命遇挫時李白筆下偶而也曾出現過妥脅之音，欲勸導自己不必非得去彈奏《陽春白雪》，《下里巴人》不是聽眾更多嗎？不是更易獲得滿場喝彩嗎？但謫僊人內心深處根本無法認同這種混跡於常人的零度人生，本是「視萬乘如僚友，戲同儔如草芥」的自由之子，怎能允許自己走入黯淡混濁的庸人隊列，蘇軾之月下孤鴻也終是「揀盡寒枝不肯棲」，兩位自由之子的兩翼仙羽實由天資秉賦和現實苦難和合而成，他們最終還是籍著靈魂的自由將自己從政治失敗的苦難淤泥中救贖了出來。

自由之子「自不屑束縛於格律、對偶與雕繪者爭勝」（趙翼《甌北詩話》），李白千餘首詩中五律七十多首，七律僅十二首，二者相加還不足詩歌總數的十分之一。在盛唐詩人律詩創作如日中天時，李白的詩歌卻選擇了形式上更爲自由的古詩和樂府這兩種體裁，清人毛先舒云：「太白天縱逸才，落筆驚挺，其歌行跌宕自喜，不閒整栗，唐初規制，掃地欲盡矣。」（《清詩話續編》本《詩辨坻》）自由之子怎肯帶著鐐銬舞蹈？自由之子又怎會屑於在文字上炫技？自由之子們縱筆揮灑，筆底流淌出一篇篇風神悠遠、自在天然的絕佳文字，屈大均《粵遊雜詠序》中言李白詩歌「鼓之舞之以盡神，由神入化」、沈德潛《說詩晬語》贊李白道：「七言絕句以語近情遙，含吐不露爲主，隻眼前景，口頭語，而有弦外音，味外味，使人神遠，太白有焉。」屈紹隆云：「詩以神行。若遠若近，若無若有，若雲之於天，月之於水，詩之神者也。五、七絕貴以此道行之。昔之擅其妙者，在唐有太白一人。」（屈紹隆《粵遊雜詠》）潘德輿說：「太白

五絕雖亦從六朝清商小樂府來，而天機浩蕩，二十字如千言萬語。
（潘德輿《養一齋詩話》卷一）馬泣《秋窗隨筆》五二條謂李白《綠
水曲》「荷花嬌欲語」一詩「風神搖蕩，一語百情」。李白的詩歌中
不見詩國規則，只見心手自由，不見語言文字，只見天眞性情，李
白一語又何止百情，語言外是詩人略無涯際的廣闊、博大、不受拘
縛的自由心靈世界，後人在李白的詩歌場中獲得了深深的靈魂滿
足。自由性靈之溢，成就天機浩蕩之文，蘇軾又何嘗不是如此，元
好問曰：「自東坡一出，情性之外，不知有文字，眞有『一洗萬古凡
馬空』氣象。」（《遺山文集》卷三十六）〔註9〕陸游曰：「公非不能
歌，但豪放，不喜剪裁以就聲律耳。試取東坡諸詞歌之，曲終，覺
天風海雨逼人。」（《歷代詩餘》卷一百十五引）蘇軾在《答謝民師
書》一文中道其創作大略：「如行雲流水，初無定質，但常行於所當
行，止於不可不止。」他所有的創作幾乎都是他的這一創作綱領的
注腳。

　　傳說中李白醉酒捉月而死，傳說未必眞實，卻很好地捕捉到了
李白的精神本質，日本松浦友久教授指出李白有一種對「明亮光輝
事物的強烈憧憬和追求」（《李白詩歌中的謝朓形象・李白詩歌的感
覺基調》）。自由之子李白的自由是融莊子的逸氣和孟子的英氣爲一
體的高亮度自由，他理所當然地喜歡明亮光輝的同質事物，醉酒的
李白看到水中淨白明亮的月輪倒影，視其爲靈魂的同者，欲將之撈
出在此岸相攜相伴，消解天上謫僊人在人間的曠世孤獨，卻因此跌
入了彼岸，生命從此被翻譯成了另外一種語言，許是尙顯渾濁的此
岸還未淨化得適合誕生於眾神之後的自由之子們的居住吧！對於李
白這樣自由輕逸的生命，世人不願他像芸芸眾生一樣經歷尋常的生
老病死，因此賦予了他一個美麗的離開方式，以完美他的在世行程。
生命終點處的蘇軾亦給人們留下了一個沒有憂懼、靜美地離開的身

〔註9〕　龍榆生：《《唐宋名家詞選》，上海：上海古籍出版社，1980年版，第
　　　　125頁。

影，「東坡初入荊溪，有樂死之語，蓋喜其風土也。繼抱疾稍革，徑山老惟琳來問候。坡曰：『萬里嶺海不死，而歸宿田裏，有不起之憂，非命也耶？然死生亦細故耳』。後二日將屬行，聞根先離，琳叩耳大聲曰：『端明勿忘西方』！曰：『西方不無，但個裏著力不得』。語畢而終。」（周煇《清波雜誌》《東坡事類》卷九）自由之子在生命終點處已然撕破了一切恐懼之網，生死門前安祥寧靜若此。

李白和蘇軾帶著那顆最終回歸純淨自由生命原點的赤子之心高蹈而去，留下了無數詩文作為人性所能達到的自由境界的證明，他們生命的輕逸潔淨、靈魂的自由無礙讓無數黯淡濁重的後人自漸形穢，自覺身在歧途。李白和蘇軾能將文明變成自己的福音，使心靈演繹了一曲不受世間覊縛、高華絕俗的詠歎調，可文明為什麼會變成飽受文明異化之苦的沉淪眾生的禍水，使之心靈疾患叢生，難道不該好好反思嗎？

二、世間纏綿
——論杜甫和辛棄疾的家國情熾和泛愛天下

杜甫最好地踐履了儒家的入世精神，成為了中華文明史上的一個界標式人物，後人形容「一飯不忘君」的忠貞愛國形象首先浮現腦際的便是身世淪微卻心懷天下的詩聖杜甫。「一飯不忘君」之君在封建時代與國同構，「一飯不忘君」更確切的含義是「一飯不忘國」。梁啓超稱杜甫為「情聖」（梁啓超《情聖杜甫》）〔註10〕，此情聖並非後人語境中狹義式的愛情情聖，而是對家國天下動植飛潛等無不溫煦愛憐的博愛情聖，世間情聖使得世界春意盎然，有情之天下方為現世之溫暖家園。杜甫在宋朝有許多嚮慕者，《李清照集校注》一書中收有李清照的兩句逸詩：「少陵也是可憐人，更待明年試春草。」李綱《重校正杜子美集序》一文中說，杜詩「平時讀

────────────

〔註10〕梁啓超：《梁啓超文選》下冊，北京：中國廣播電視出版社，1992年版，第151頁。

之，未見其工，迨親更兵火喪亂之後，誦其詩如出乎其時？然有當於心，然後知其語之妙也。」文天祥兵敗被俘後寫有《集杜詩》二百首，《序》曰：「凡我意所欲言者，子美先爲代言之。」〔註11〕不過若論杜甫在宋朝的精神傳人，從優念家國蒼生、關懷世間生命的角度而論辛棄疾當屬最符合資格者。

　　杜甫《進雕賦表》云：「自先君恕、預以擇，奉儒守官，未墜素業矣。」杜甫出生於世代儒官的家庭，自小有著「被君堯舜上，再使風俗淳」的宏願（杜甫《奉贈韋丞丈二十二韻》）且自負才力出眾，「許身一何愚，竊比稷與契」（《自京赴奉先縣詠懷五百字》）、「會當凌絕頂，一覽眾山小」（杜甫《望嶽》）、「往者十四五，出遊翰墨場。斯文崔魏徒以我似班揚。」（杜甫《壯遊》）一介少年被斯時已然功成名就的崔尙、魏啓心等長輩推爲班固、揚雄一類的人才，可見杜甫少年時的確才幹非凡。杜甫年輕時曾有過一次江浙之行，一路上目睹了開元盛世暢盛興旺的風采，「劍地石壁仄，長洲芰荷香……越女天下白，鏡湖五月涼。」（《壯遊》）杜甫 53 歲在四川寫有《憶昔》一詩，在記憶中重溫了昔日盛世華章的幅幅畫面：「憶昔開元全盛日，小邑猶藏萬家室。稻米流脂粟米白，公私倉廩俱豐實。九州道路無豺虎，遠行不勞吉日出。齊紈魯高車班班。男耕女桑不相失。」愛國情深，無比自豪於國家的昌盛繁華，愛國情熾，在「蓋九五之後，人人自以爲遭唐虞；四十年來，家家自以爲稷契」的開天盛世（杜甫《有事於南郊賦》），眾人尙熙熙和樂，杜甫卻已心頭隱憂頻起，《麗人行》一篇中憂患破詩而出，詩中隱憂最終變成了安史之亂的災難現實。與杜甫相似，辛棄疾對政治局勢的判斷和預感亦很準確，他曾言「仇虜六十年後必滅，虜滅而宋之憂方大」（于欽《齊乘》卷六《人物志》），此言最終應驗。辛棄疾還曾對韓侂胄在準備不充分的情況下貿然出兵表示過憂慮，後來韓侂胄失敗的緣由果然被辛棄疾言中，辛棄疾的朋友程泌親臨兩淮防線查看宋軍（韓侂胄）潰

〔註11〕楊倫：《杜詩鏡詮》，上海：上海古籍出版社，1998 年版，第 122 頁。

敗實況，敘述失敗之由時說：「無一而非棄疾預言於二年之先者」（《丙子輪對劄子》），二人敏感的政治嗅覺皆源自愛國情熾者對國運的高度關注和憂念。

「漁陽鼙鼓動天來」（白居易《長恨歌》），安史之亂撕破了罩在盛世王朝表面的那層鮮麗耀眼的紗衣，人民頓時被置於倒懸慘境，安祿山佔領長安後，凡「王侯將相扈從車駕、家留長安者，誅及嬰孩。」〔註12〕杜甫是這場戰爭的親歷者，他以手中詩筆蘸著血淚繪製出了安史之亂中民眾生死流離的長幅畫卷，被後人褒之爲「詩史」，孟棨《本事詩‧高逸第三》云：「杜逢祿山之難，流寓隴蜀，畢陳於詩，推見至隱，殆無遺事，號爲『詩史』」。北宋詩人黃庭堅說，杜甫「千古是非存史筆，百年忠義寄江花」（黃庭堅《次韻伯民寄贈蓋郎中喜學老杜詩》），安史之亂爆發後的三年多時間是杜詩創作的高峰，佳作雲集、名篇疊出，《石壕吏》《兵車行》《自京赴奉先縣詠懷五百字》《三吏》《三別》等優秀作品既是那個萬方多難的動亂時代的真實描繪，亦是杜甫憂念蒼生關懷社稷之愛國情懷的生動寫照。「窮年憂黎元，歎息腸內熱……憂端齊終南，澒洞不可掇」（《自京赴奉先縣詠懷五百字》），杜甫以詩歌傳承儒家薪火爲家國天下歌哭，那首中國詩歌史上悲秋作品的經典名篇《登高》寫道，「風急天高猿嘯哀，渚清沙白鳥飛回。無邊落木蕭蕭下，不盡長江滾滾來。萬里悲秋常作客，百年多病獨登臺。艱難苦恨繁霜鬢，潦倒新停濁酒杯。」胡應麟說：「此章五十六字，如海底珊瑚，瘦教難移，沉深莫測，而精光萬丈，力量萬鈞。通章章法、句法、字法，前無古人，後無來學，此當爲古今七言律第一，不必爲唐人七言律第一。」（胡應麟《詩藪》）杜甫此詩既是以章法、句法、字法勝，更是以作者熾熱深沉的愛國情感勝。杜甫亦以實際行動踐履著他的愛國情懷和經世志願，安史亂中杜甫冒著生命危險從叛軍佔

〔註12〕〔宋〕司馬光：《資治通鑑》，北京：中華書局，1956 年版，第 6980頁。

領的長安逃向皇帝所在地鳳翔，黃生論及杜甫這一舉動道：「公若潛身晦跡，可徐待王師之至，必履危蹈險，歸命朝廷，以素負匡時報主之志，不欲碌碌浮沉也。」〔註13〕公元 763 年正月史朝義自縊，部將李懷仙斬其首來獻，並以幽州降，安史之亂正式結束，詩人聽說此消息，寫下了「白日放歌須縱酒，青春作伴好還鄉，即從巴峽穿巫峽，便下襄陽向洛陽。」《聞官軍收復河南河北》這首盈滿喜氛歡情的快詩、樂詩，浦起龍評曰：「八句詩，其疾如飛，題事只一句，餘俱寫情，生平第一快詩也。」〔註14〕樂也天下，憂也天下，其愛國深情令人動容。

　　杜甫一生坎坷，「苦搖求食尾，常曝報恩腮……饑藉家家米，愁徵處處杯」（《秋日荊南述懷三十韻》），落第後在長安的十年間，「朝扣富兒門，暮隨肥馬塵，殘杯與冷炙，到處潛悲辛」（《奉贈韋左丞》），過著「賣藥都市，寄食友朋」（《獻三大禮賦表》）的艱辛生活。乾元二年 759 底寓居成都時「計拙無衣食，途窮仗友生」（杜甫《客夜》），經濟上幾乎完全仰仗友人了。「支離東北風塵際，飄泊西南天地間」（杜甫《詠懷古跡》其一）、「三年奔走空皮骨，信有人間行路難」（《將起成都草堂途中有作寄嚴鄭公五首》），杜甫終生仕途逆蹇，志與時違、才命相妨之不幸幾乎伴隨了詩人一生。讓人感懷的是儘管因政治局勢、個人官位等原因杜甫「無力正乾坤」（《宿江邊閣》），無由實現「一洗蒼生憂」（《朱鳳行》）的政治理想，但是在杜甫詩中我們卻從來讀不到「人生如夢」之類的消極頹廢語，無論個人際遇如何，杜甫關懷家國天下的情感濃度始終如一，大曆三年詩人貧病交加時仍在歌吟著「肺肝若稍愈，亦上赤霄行」（《送覃二判官》）。杜甫以自己的言動行止為「窮則獨善其身，達則兼濟天下」的儒家精神開出了新境界：無論窮達貴賤都一飯不忘國，杜甫精神因之超

〔註13〕〔清〕仇兆鰲：《杜詩詳注》，北京：中華書局，1995 年版，第 349
　　　頁。
〔註14〕〔清〕浦起龍：《讀杜心解》，北京：中華書局，1978 年版。

邁於古往今來的眾多儒者之上，成爲中華民族愛國主義精神的一面旗幟。

辛棄疾在宋人中詞作數量最多，其「肝腸如火，色笑如花」的篇篇詞作也便是詞人抗金殺敵愛國志願的聲聲深情表白，姑引幾例以觀之：

水龍吟
登建康賞心亭

楚天千里清秋，水隨天去秋無際。遙岑遠日，獻愁供恨，玉簪螺髻。落日樓頭，斷鴻聲裏，江南遊子。把吳鈎看了，欄干拍遍，無人會，登臨意。

說鱸魚堪膾。盡西風、季鷹歸未。求田問舍，怕應羞見，劉郎才氣。可惜流年，憂愁風雨，樹猶如此。倩何人，喚取盈盈翠袖，搵英雄淚。

菩薩蠻

鬱孤臺下清江水，中間多少行人淚？東北是長安，可憐無數山！　　青山遮不住，畢竟東流去！江晚正愁予，山深聞鷓鴣。

破陣子
爲陳同父賦壯語以寄

醉裏挑燈看劍，夢回吹角連營。八百里分麾下炙，五十弦翻塞外聲，沙場秋點兵。馬作的盧飛快，弓如霹靂弦驚。了卻君王天下事，贏得生前身後名，可憐白髮生。

如此萬人之英卻才不得其用，陳亮曾憤慨地評論南宋朝廷的用人政策：「眞鼠枉用，眞虎可以不用。」（《辛稼軒畫像贊》）但「了卻君王天下事，贏得生前身後名」之志願卻伴隨了辛棄疾一生，「念壯士，到死心如鐵」，與杜甫一樣，辛棄疾亦是無論政治際遇如何終生繫念家國天下的愛國情熾之人，稱其爲杜甫愛國精神的宋朝傳人當不爲過。

清朝末年梁啓超稱杜甫爲「情聖」，其深厚寬廣的至性眞情既關

涉至國家民族、妻子兒女、兄弟友朋等人之情感常域，又從中延伸開去，幾乎普覆至天地間一切動走飛潛，詩人幾乎有著佛祖之心基督之懷了。杜詩中提到妻子有近 30 處，「今夜鄜州月，閨中只獨看……」，《月夜》一詩盡顯杜甫夫婦不隨時間褪色的伉儷深情。「自來自去堂上燕，相親相愛水中鳥」（《江村》）、「俱飛蛺蝶久相逐，並蒂芙蓉本自雙」（《進艇》），樸白的比喻表達著情到深處反顯淡的道理。杜甫與兄弟姊妹亦是手足情深，「思家步月清宵立，憶弟看雲白日眠」（《恨別》）、「弟妹蕭條各何在，干戈衰謝兩相催」（《九日五首》之一）、「我已無家尋弟妹，君吟何處訪庭闈」（《送韓十四江東覲省》）、「十年朝夕淚，衣袖不曾乾」（《第五弟豐獨在江左近三四載寂無消息覓使寄此二首》之一），杜詩中詩題涉及弟妹者有近 20 首，詩句中出現弟字 30 餘次，出現妹字 10 餘次，可見兄弟姊妹常在杜甫牽掛的視線中。杜甫的友朋之愛亦誠摯感人，他從不因友人政治命運的變化而改變彼此間的友情濃度，友人鄭虔遭貶時杜甫懷著依依惜別的深情寫下了詩歌《送鄭十八虔貶台州司馬傷其臨老陷賊之故闕爲面別情見於詩》，「鄭公樗散鬢成絲，酒後常稱老畫師。萬里傷心嚴譴日，百年垂死中興時。蒼惶已就長途往，邂逅無端出餞遲。便與先生應永訣，九重泉路盡交期。」顧宸解析道：「供奉之從永王璘，司戶之污祿山僞命，皆文人敗名事，使硜硜自好者處此，割席絕交，不知做幾許雨雲反覆矣。少陵當二公貶謫時，深悲極痛，至欲與同生死，古人不以成敗論人，不以急難負友，其友誼眞可泣鬼神。李陵降虜，子長上前申辯，甘受蠶室之辱而不悔，《與任少卿書》猶刺刺爲分疏，亦與少陵同一肝膽。人知龍門之史，拾遺之詩，千秋獨步，不知皆從至性絕人處，激昂慷慨、悲憤淋漓而出世。」唯有這樣始終如一不隨外界境況而變的友誼方可稱爲眞正的友誼。

　　以上所論情感是常人尙或可及處，杜甫對素不相識的眾生之關愛深情就遠邁於眾人了，「安得廣廈千萬間，大庇天下寒士俱歡顏，風雨不動安如山。嗚呼，何時眼前突兀見此屋，吾廬獨破受凍死亦

足。」(《茅屋爲秋風所破歌》)一己之飽暖尚不可得,杜甫卻仍在思
慮著他人,並且甘願以己之不足換取他人之充裕,這樣的精神幾人
能及;愛子夭折之痛已然摧肝裂肺,杜甫仍在「默思失業徒,因念
遠戍卒」(《自京赴奉先縣詠懷五百字》);詩人攜妻挈子舉家自秦州
遷往同穀,路途甚是艱辛,在旅途中杜甫又幾乎慣性般地慮及他人,
「嗟爾遠戍人,山寒夜中泣」(《龍門鎭》);從岳州到潭州去的客船
上詩人自身難保,卻毫不猶豫地「減米散同舟,路難思共濟」(《解
憂》)。尤爲難能可貴的是在等級觀念森嚴的封建社會,任何人在情
聖杜甫眼中都沒有高低貴賤之分,清人仇兆鰲說:「公與田夫野老相
狎蕩,蓋能親厚於人而人共悅之。」〔註15〕以下這則故事更是盡顯
杜甫之情聖特徵,老杜在夔州瀼西有一處住屋,屋前種有棗樹,棗
子成熟時,鄰居有一老婦人常來打棗充饑,大曆二年公元 767 年,
杜甫移居東屯,把原居屋讓給他的親戚吳郎居住,可能是吳郎不讓
老婦人再來打棗,杜甫得知此事後,就用詩的形式給吳郎寫了一封
信勸他讓老婦人再來打棗充饑,「堂前撲棗任西鄰,無食無兒一婦
人。不爲困窮寧有此,只緣恐懼轉須親。即防遠客雖多事,便插疏
籬卻甚眞。已訴徵求貧到骨,正思戎馬淚盈巾。」(《又呈吳郎》)不
僅助人,助人時還顧及到受助者的尊嚴滿足需求,「煦膏鄰婦,又出
脫鄰婦;欲開示吳郎,又迴護吳郎」(《杜詩詳注》卷二十)這種境
界千古之下幾人能及,仇注評此詩道:「是直寫眞性至性,唐人無此
格調,然語淡而意厚,藹然仁者惆鰥一體之心,眞得三百篇神理者。」
情聖之情甚至關涉至被捕獲的俘虜,「殺人亦有限,立國自有疆。苟
能制侵陵,豈在多殺傷!」(《前出塞》)反對濫殺俘虜,儼然有現代
人的生命權色彩。老杜不僅愛人,亦愛動物,《瘦馬行》中寫道:「東
郊瘦馬使我傷,骨骼硉兀堆牆。伴之欲動轉欹側,此豈有意仍騰驤。
細看六印帶官字,眾道三軍遺路旁。皮乾剝落雜泥滓,毛暗蕭條連

〔註15〕杜甫著,仇兆鰲注:《杜詩詳注》,北京:中華書局,1979 年版,第
815 頁。

雪霜。」天地兩間生命，詩人幾無不愛，杜甫的「情聖」頭銜是恰如其分的，梁啓超說：「像情感這麼熱烈的杜工部，他的作品，自然是刺激性極強，近於哭叫人生目的的那一路，是三板一眼的哭出來，節節含著眞美。」〔註16〕情感美是大美、眞美、至美，杜詩給讀者擺出了一桌情感盛宴，「情聖」杜甫還被眾人親切地稱爲「老杜」，這在中國古代詩歌史上是絕無他例的，說明了杜甫是以寬廣深宏的深情深得人民之心的人民詩人。

「情聖」杜甫於萬物有藹然仁者之懷，其深情至情普覆至眾生，辛棄疾亦若是：

浣溪沙

父老爭言雨水勻。眉頭不似去年鄒。殷勤謝卻甑中塵。
啼鳥有時能勸客，小桃無賴已撩人。梨花也作白頭新。

西江月

夜行黃沙道中

明月別枝驚鵲，清風半夜鳴蟬。稻花香裏說豐年，聽取蛙聲一片。七八個星天外，兩三點雨山前。舊時茅店社林邊，路轉溪橋忽見。

鵲橋仙

山行書所見

松崗避暑，茅簷避雨，閒去閒來幾度？醉扶怪石看飛泉，又卻是，前回醒處。東家娶婦，西家歸女，燈火門前笑語。釀成千頃稻花香，夜夜費一天風露

代人賦

陌上柔條初破芽。東鄰蠶種已生些。平岡細草鳴黃犢，斜日寒林點暮鴉。　　山遠近，路橫斜。青旗沽酒有人家。城中桃李愁風雨，春在溪頭野薺花。

〔註16〕梁啓超：《情聖杜甫》，梁啓超：《梁啓超全集》（第七冊），北京：北京出版社，1999 年版，第 3948 頁。

　　寫出這些歌詞的作者如何不是情至之人，眾多詞評家皆以深情作爲辛棄疾的突出優長，劉熙載曰：「蘇、辛皆至情至性人，故其詞瀟灑卓犖，悉出於溫柔敦厚。」（《藝概》卷四）謝章鋌曰：「蘇風格自高，而性情頗歉。辛卻纏綿俳惻，且辛之造語俊於蘇。」（《賭棋山莊詞話》卷九）王國維曰：「南宋詞人，白石有格而無情，劍南有氣而乏韻，其堪與北宋人頡頏者，唯一幼安耳。」「幼安之佳處，在有性情，有境界，即以氣象論，亦有傍素波、干青雲之概，寧後世齷齪小生所可擬耶？」（王國維《人間詞話》）可見情聖頭銜加諸辛棄疾之上亦是恰如其份的，後人對杜詩辛詞總體特色的評論亦能彰顯他們的情聖本色，章培恒、駱玉明主編的《中國文學史》認爲：「杜甫詩歌的風格多種多樣，最具有特徵性的，也是杜甫自己提出並爲歷來評論家所公認的，是『沉鬱頓挫』，所謂沉鬱，主要表現爲意境開闊壯大，感情深沉蒼涼；所謂『頓挫』，主要表現爲語言和韻律曲折有力，而不是平滑流利或任情奔放。」〔註17〕袁行霈、羅宗強主編的《中國文學史》則云：「杜詩的主要風格是沉鬱頓挫，沉鬱頓挫風格的感情基調是悲慨……沉鬱，是感情的悲慨壯大深厚；頓挫，是感情表達的波浪起伏，反覆低回。」〔註18〕情聖關心面廣大，可世事難遂心願，關心之，卻往往不能解救之，心有餘力不足之憾深重矣，感情怎能不因此深沉蒼涼，悲慨怎能不因之壯大深厚？劉熙載以有無二字點評杜詩，洵爲的論：「杜詩以『有』、『無』二字足以評之：『有』者，但見性情氣骨也；『無』者，不見語言文字也。」（劉熙載《藝概》）張戒《歲寒堂詩話》云：「子美之詩，顏魯公之書，雄姿傑出，千古獨步，可仰而不可及耳。」至大至深的眞情至性，這便是杜詩高不可及的原因，亦同樣是辛詞高不可及的原因，周濟《介存齋論詞雜著》曰：「稼軒不平之鳴，

〔註17〕章培恒，駱玉明主編：《中國文學史》，上海：復旦大學出版社，1997年版，中冊，第119頁。

〔註18〕袁行霈，羅宗強主編：《中國文學史》，北京：高等教育出版社，1999年版，第二卷，第290頁。

隨處輒發，有英雄語，無學問語，故往往鋒穎太露。然其才情富豔，思力果銳，南北兩朝，實無其匹，無怪流傳之廣且久也。世以蘇、辛並稱，蘇之自在處，辛偶能到。辛之當行處，蘇必不能到。二公之詞，不可同日語也。後人以粗豪學稼軒，非徒無其才，並無其情。稼軒固是才大，然情至處，後人萬不能及。」又云：「稼軒鬱勃，故情深；白石放曠，故情淺。稼軒縱橫，故才大；白石局促，故才小。」辛棄疾縱橫詞壇用語用典左抽右旋無人能及，最根本的原因實是情至之人自無體不宜。

三、眺望彼岸
——論王維和宋詞人的世間閉門姿態

　　日與人事接，心靈會被日常性疼痛磨礪得粗糙枯乏，如何在現世中保存腴潤的身心呢？「雖與人境接，閉門成隱居」（王維《濟州過趙叟家宴》），被冠之以詩佛、詩禪的唐朝詩人王維教會了後人一個閉門姿勢，閉上通向紛擾世事的大門，閉上此岸的求取之心、情累之心，而後敞開一個傾聽良心呼喚的去處，進行彼岸的眺望，尋找靈魂的歸依。

　　王維詩歌中喜用「遠眺」「坐看」「遙望」「極目」這樣的字眼，「羨君棲隱處，遙望白雲端」（《酬比部楊員外暮宿琴臺朝躋書閣率爾見贈之作》）、「新晴原野曠，極目無氛垢。」（《新晴野望》）……「獨坐幽篁裏，彈琴復長嘯。林深人不知，明月來相照」（《竹里館》），漢學家吉川辛次郎說王維發現了「看不見的風景」，詩中的這一叢幽篁並不一定是人世實存的風景，從本質而言它更是心靈虛境，是閉門後眺望彼岸傾聽良心呼喚的所在，人在此間卸下了諸多社會角色面具，浸沐於彼岸之光的照耀下，呼喚和召回著那個沉淪日久的真我。詩人籍閉門後的遠眺獲得了心靈證悟後的自由，在水窮處看到了雲起，「中歲頗好道，晚家南山陲。興來每獨往，勝事空自知。行到水窮處，坐看雲起時。偶然值林叟，談笑無還期。」（《終南別業》）

俞陛雲在《詩境淺說》中解析道：「行至水窮，若已到盡頭，而又看雲起，見妙境之無窮。於悟處世事變之無窮，求學之義理亦無窮。」蕭滌非則說：「行雲自由翱翔，如流水自由流淌，形跡毫無拘束。它寫出詩人那種天性淡逸，超然物外的風采。」〔註19〕這是閉門後的勝境，是「秋日芙蕖，倚風自笑」的境界，是王維的自我解救。

　　王維塵世閉門原因眾多，官場受挫、塵世情累、家庭影響、個人心性……官場受挫是其中大者。羊春秋先生說：「王維有著一副熱辣辣的心腸，有著一腔建功立業的雄心壯志，並不是一個超然物外以隱逸爲高的人。」〔註20〕身處大唐盛世，王維自是免不了積極進取的時代精神的影響，少年時王維也曾熱中功名，遊歷王公貴族間以謀顯達，十九歲赴京兆府試，二十一歲擢進士第，開元二十三年（353 年）拜右拾遺。初仕受挫時詩人一度隱於淇上、嵩山，但詩人「用世之志並未消減」，「濟人然後拂衣去，肯作徒爾一男兒」（《不遇詠》），「忘己愛蒼生」（《贈房盧氏》）仍是斯時人生理想。開元二十二年 734 張九齡任宰相執政，正閒居長安的王維獻詩請求汲引，開元二十三年 735 王維被張九齡擢爲右拾遺，心中的政治熱情再次高漲起來。但好景不長，任右拾遺之後僅三年，「不賣公器」「動爲蒼生謀」（王維《獻始興公》）〔註21〕的賢相張九齡失勢，奸險小人李林甫當政，「張九齡的見逐，對他（王維）來說不僅意味著個人政治靠山的喪失，更是封建開明政治的幻滅。」〔註22〕李林甫執政後即著手剪除政敵，扼制朝中言路，「凡功業出己右及上所厚，勢位將逼己者，必百計去之，尤忌文學之士。或陰與之善，啖以甘言而陰陷之。」（《資治通鑑》卷二一四）他召集諫官們訓示道：

〔註19〕蕭滌非：《唐詩鑒賞辭典》，上海：辭書出版社，1983 年版，第 136 頁。

〔註20〕羊春秋：《略論王維抒情小詩的藝術特色》，《湖南文學》，1962 年，第 9 期。

〔註21〕陳鐵民：《王維集校注》，北京：中華書局，1997 年版，第 113 頁。

〔註22〕陳貽欣：《王維的政治生活和他的思想》，《唐詩論叢》，長沙：湖南人民出版社，1980 年版，第 122 頁。

「今明主在上，群臣將順之不暇，烏用多言？諸君不見立丈馬乎？食三品料，一鳴輒去，悔之何及！」（《資治通鑑》卷二一四）滿朝文武在這樣的局勢下多箝口鑷舌不輕言政事以自保，「九齡既得罪，自是朝廷之士，皆榮身保位，無復直言。」（《資治通鑑》卷二一四）此時王維正任諫官，他是張九齡的舊人，又是正直孤清的直臣，王縉《進王右丞表》稱「臣兄文詞立身，行之餘力，當官堅正，秉操孤直。」如此局勢，王維立朝之難顯而易見，在寫給弟弟王紞的一首詩中王維流露出斯時憤懣灰頹的情緒：「寓目一蕭散，消憂冀俄頃……心悲常欲絕，髮亂不能整……頹思茅簷下，彌傷好風景。」（《林園即事寄舍弟紞》）這一次的官場風波使他「愛染日已薄，禪寂日已固」（王維《偶然作》其三）〔註 23〕，此後塵世之心日淡，於人世屢屢閉門，「荊扉乘晝關」（《淇上即事田園》）〔註 24〕。王維五十六歲時在安史之亂中被安祿山俘獲，牢獄中受盡折磨，「偽疾將遁，以猜見囚。勺飲不入者一旬，穢溺不離者十月；白刃臨者四至，赤棒守者五人。刀環築口，戟枝叉頸。」（《大唐故臨汝郡太守贈秘書監京兆韋公神道碑銘》）後被迫任給事中偽職，任偽職帶來的人格裂痕使王維備受精神折磨，肅宗回京後他曾因此被貶，其弟王璡願削官去爵爲他贖罪，因此獲免，後竟被擢升至尚書右丞。生命末年的陞遷並未給王維帶來絲毫慰藉，他在文中屢屢自責，《謝除太子中允表》一文中道：「臣聞食君之祿，死君之難。當逆胡干紀，上皇出宮，臣進不得從行，退不能自殺，情雖可察，罪不容誅……免臣釁鼓之戮，投畀削罪，端衹立朝。穢河殘骸，死滅餘氣，伏謁明主，豈不自愧於心，逆賊殄滅，臣即出家修道，極其精勤，庶裨萬一。」「不能殺身，負國偷生」（《責躬薦子弟表》）〔註 25〕遭此心靈劫難，王維的塵世之心更淡了，塵世閉門次數更多了，心靈與佛門貼得更近了，「奉佛報恩，自寬不死之痛」（《謝除太子中允

〔註 23〕陳鐵民：《王維集校注》，北京：中華書局，1997 年版，第 73 頁。
〔註 24〕陳鐵民：《王維集校注》，北京：中華書局，1997 年版，第 77 頁。
〔註 25〕陳鐵民：《王維集校注》，北京：中華書局，1997 年版，第 1126 頁。

表》）〔註26〕。王維復官後至去世前三年多的時間，「在京師，日飯十數名僧，以玄談爲樂，齋中無所有，唯茶鐺、藥臼、經案、繩床而已。退朝之後，焚香獨坐，以禪誦爲事。」「維兄弟俱奉佛，居常蔬食，不茹葷血，晚年長齋，不衣文采。」（《舊唐書・王維傳》）可見政治風波是王維世間閉門最重要的原因。

寫過那麼多禪詩的王維卻是情感纏綿悱惻的一代情種，「君自故鄉來，應知故鄉事，來日倚窗前，寒梅著花未？」（王維《雜詩》）濃重的鄉情鄉戀流溢爲美麗動人的詩篇。「事母崔氏以孝聞」（《舊唐書・王維傳》），自小由寡母撫養大的王維對母親懷著深篤情感，事母至孝，王母崔氏篤信佛教，王維就在藍田縣營建山莊作爲母親修行之所，王維五十歲時母親去世，詩人「柴毀骨立，殆不勝喪」、「毀幾不生」（《王維傳》）。「獨在異鄉爲異客，每逢佳節倍思親。遙知兄弟登高處，遍插茱萸少一人」（《九月九日憶山東兄弟》），王維十七歲時所作的這首《九月九日憶山東兄弟》已成歌詠手足之情的經典名篇，身爲長子的王維對兄弟姐妹很是關愛，他肩負起了撫養弟妹成人和操持婚姻嫁娶的重任。「渭城春雨浥輕塵，客舍青青柳色新。勸君更進一杯酒，西出陽關無故人」（《送元二使安西》），語淡情長的友情詩《送元二使安西》一面世即受好評，被時人譜成了《陽關三疊》廣爲傳唱。王維一生交遊廣泛，而他一生中最爲相契的友人當屬忘年交裴迪，彼此往來書簡中最出色的一篇是《山中與裴迪秀才書》，文章清淡悠遠，與彼此間「君子之交淡如水」的情感質地相稱，文中「非子天機清妙者，豈能以此不急之務相邀」一語道出了二人的莫逆與心和惺惺相惜。

山中與裴迪秀才書

王 維

近臘月下，景氣和暢，故山殊可過。足下方溫經，猥不敢相煩，輒便往山中，憩感配寺，與山僧飯迄而去。北

〔註26〕陳鐵民：《王維集校注》，北京：中華書局，1997年版，第1004頁。

　　涉玄灞，清月映郭。夜登華子崗，輞水淪漣，與月上下；寒山遠火，明滅林外；深巷寒犬，吠聲如豹；村墟夜舂，復與疏鐘相間。此時獨坐，僮僕靜默，多思曩昔，攜手賦詩，步仄徑，臨清流也。當待春中，草木蔓發，春山可望，，輕鰷出水，白鷗矯翼，露濕青皋，麥朝名雉，斯之不遠，倘能從我遊乎？非子天機清妙者，豈能以此不急爲務相邀，然是中有深趣矣。天忽，因馱黃蘗人往往，不一。山中人王維白。〔註27〕

　　情深之人卻充分體味著生命的無常，王維早年喪父，三十歲喪妻，「妻亡，不再娶」（《舊唐書·王維傳》），五十一歲時寡母去世，「一心幾許傷心事，不向空門何處銷」（《歎白髮》），情種之徹骨情累是王維世間閉門的原因之二。

　　王維塵世閉門與母親潛心向佛也有很大關係，王維的母親是虔誠的佛教徒，王維《請施莊爲寺表》中說「臣之母故博陵縣崔氏，師事大照禪師三十餘歲，褐衣蔬食，持戒安禪，樂住山林，志求寂靜。」受母親影響，青少年時期王維就曾隱居，「時年十八」所作《哭祖六自虛》中回憶道：「念昔同攜手……南山俱隱逸」。〔註28〕

　　王維之世間閉門不同於尋常隱者的閉門，尋常隱者是完全關閉了通向世事的大門，全部的生活在門後展開，而採取身官心隱、亦官亦隱生活方式的王維在塵世中的那扇門是時開時閉的。人間遊倦的時候，他便閉門轉入彼岸眺望、心靈證悟的進程，可他終究還是一位朝官，他還是要參與世事的。在閉門後的體悟過程中王維建立了自己「身官心隱」的獨特人生哲學，這樣的人生哲學建立在對「空」「有」、「世間」「出世間」這兩組命題關係的理解基礎上。《般若波羅蜜多心經》說：「色不異空，空不異色，色即是空，空即是色」、《摩訶般若波羅蜜多經》卷一說：「離色亦無空。」佛家視「執空」是比「執有」更嚴重的迷途，王維體悟道：「欲問義心義，遙知空病空。」（《夏日過

〔註27〕陳鐵民：《王維集校注》，北京：中華書局，1997年版，第929頁。
〔註28〕陳鐵民：《王維集校注》，北京：中華書局，1997年版，第7頁。

青龍寺謁操禪師》)「無有可捨，是達有源，無空可住，是知空本。」
(《六祖能禪師碑銘》)「五蘊本空，六塵非有，眾生倒計，不知正受……
至人達觀，與物齊功，無心捨有，何處依空？」(《六祖能禪師碑銘》)
「心捨於有無，眼界於色空，皆幻也，離亦幻也，至人者不捨幻，而
過於色空有無之際。」(《薦福寺光師房花藥詩序》)既然萬物都是眞
空和妙有的統一，色空一如，那麼世間在世間不異兩邊便是「空」「有」
關係合乎邏輯的發展了，《維摩詰經》中言：「世間出世間爲二，世間
性空，即是出世間。於其中不入不出，不溢不散，是爲入不二法門。」
般若學有「實相涅槃」說，認爲「實相」本身即圓滿無漏，即實相即
涅槃，在世出世略無區別，王維悟入道：「山河天眼裏，世界法身中」
(《夏日過青龍寺謁操禪師》)。在以上兩組命題的理解基礎上便導出
了王維的心隱理論，王維在《與魏居士書》中極力勸說隱遁山林已二
十餘年的魏居士應朝廷徵招出山從政，文中說道：「豈謂足下利鍾釜
之祿，榮數尺之祖　雖萬丈盈前，而蔬食菜羹；雖高門甲第，而皆竟
空寂；人莫不相愛，而觀身如聚沫；人莫不相厚，而視身若浮雲，於
足下實何有哉！……苟身心相離，理事俱如，則何往而不適？」，其
中「苟身心相離，理事俱如，則何往而不適？」便可看作是王維心隱
理論的釋語，若果能如此，便可達到「眼界今無梁，心空安可迷」(王
維《青龍寺曇闥上人兄院集》)之無迷妄、無熱惱的境界。貪嗔癡三
毒放下了，緣生緣滅的東西放下了，晚年的王維已擁有了「氣和容眾，
心靜如空」(《裴右丞寫眞贊》)的生命氣象。

　　王維的詩文中處處體現出他閉門後的生命證悟，論者常以「禪」
字品評王維的作品，王士禎認爲王維絕句「句句入禪」，說王維「明
月松間照　清泉石上流……」之句「妙諦微言，與世尊拈花，迦葉
微笑，等無差別」(《帶經堂詩話》卷三)，胡應麟《詩藪》說：「太
白五言絕自是天仙口語，右丞卻入禪宗」，認爲王維輞川諸作「字字
入禪」、「名言兩忘，色相俱泯」，沈德潛言道：「不用禪語，時得禪
理」(《說詩晬語》卷下七十一)。王維本無意於以禪入詩，他只是將

他閉門後證悟過程中的聞見心得訴諸筆端而已，他的詩境與其說是禪境，還不如說是證悟後的心境，學人陳炎道：「所有的彷徨疑惑、急躁緊張、焦慮煩惱都不見了，所有的功名利祿、是非哀怨都已消失……王維最大的才能莫過於在方寸之中顯示宇宙的宏大，在空寂之中包容人生的無窮……其最大的貢獻莫過於將佛家的境界轉化爲藝術的境界，將禪宗的精神轉變爲藝術的精神。」〔註29〕王維的詩歌由此具有著空、靜、寂、潔、遠的氣象，韓國學者柳晟俊對王維詩歌的用字做過統計：「『清』字約用了六十次，『淨』字約十二次，『靜』字約二十六次，『空』字共達九十四次。」「空」字出現得最爲頻繁，與王維對「空」「有」關係之證悟有關。《詩筏》再三讚歎王維之「潔」：「詩中之潔，獨惟摩詰。」又曰：「王摩詰之潔，本之天然，雖作麗語，愈見其潔。」《苕溪漁隱叢話》引《後湖集》云：「觀其詩，知其蟬蛻塵埃之中，浮游萬物之表者也。」「人閒桂花落，夜靜春山空。月出驚山鳥，時鳴春澗中」（《鳥鳴澗》），《鳥鳴澗》是王維的名篇，李澤厚先生據此論析王維詩歌之靜道：「一切都是動的。非常平凡，非常寫實，非常自然。但它所傳達出來的意味，卻是永恒的靜，本體的靜。……自然是多麼美啊，它似乎與人世毫不相干，花開花落，鳥鳴春澗，然而就在這對自然的片刻直觀中，你卻感到了不朽者的存在。運動著的時空景象都似乎只是爲了呈現那不朽者……凝凍著的永恒。那不朽，那永恒似乎就在這自然風景之中，然而似乎又在這自然風景之外。」〔註30〕

上編所分析的典型性心靈路徑中也有多人進行了這樣的間歇性閉門眺望，以求取心靈的證悟和證悟後的救贖，此處擬綜論之。

> 一曲新詞酒一杯，去年天氣舊亭臺。夕陽西下幾時回。
>
> 無可奈何花落去，似曾相識燕歸來。小園香徑獨徘徊。

（《浣溪沙》）

〔註29〕陳炎：《儒、釋、道與李、杜、王》，《中國文化研究》，2001 年，第73 頁。

〔註30〕李澤厚：《禪意盎然》，《求索》，1986 年，第 4 期，第 58〜59 頁。

一向年光有限身。等閒離別易消魂。酒筵歌席莫辭頻。

滿目山河空念遠，落花風雨更傷春。不如憐取眼前
人。(《浣溪沙》)

晏殊「落花風雨更傷春」「無可奈何花落去」後於「小園香徑獨徘
徊」中求得了兩種證悟：「燕歸來」、「憐取眼前人」，依上編的釋語便
是：「以當下為歸」、「以類本質為歸」，「花落去」「落花風雨」是人所
難免的悲劇性情境，青春嘉年華流去，徒喚奈何也，但萬象更新中又
有著「燕歸來」，生生不息的萬化流行給了作者若許安慰；風雨人生中
的別離也同樣徒喚奈何也，無主的命運面前的眼前人、眼前事頓顯彌
足珍貴，生命的這兩種證悟讓詞人內心被落紅蕩起的漣漪漸趨平靜。

歸朝歡
柳　永

別岸扁舟三兩隻。葭葦蕭蕭風淅淅。沙汀宿雁破煙
飛，溪橋殘月和霜白。漸漸分曙色。路遙山遠多行役。往
來人，只輪雙槳，盡是利名客。

一望鄉關煙水隔。轉覺歸心生羽翼。愁雲恨雨兩牽
縈，新春殘臘相催逼。歲華都瞬息。浪萍風梗誠何益。歸
去來，玉樓深處，有個人相憶。

塞垣春
周邦彥

暮色分平野。傍葦岸、征帆卸。煙村極浦，樹藏孤館，
秋景如畫。漸別離氣味難禁也。更物象、供瀟灑。念多材
渾衰減，一懷幽恨難寫。

追念綺窗人，天然自、風韻嫻雅。竟夕起相思，謾嗟
怨遙夜。又還將、兩袖珠淚，沉吟向寂寥寒燈下。玉骨為
多感，瘦來無一把。

「浪萍風梗誠何益」，「追念綺窗人」柳永和周邦彥遊宦途中對
女性溫柔鄉頻頻回望，「玉樓深處」的紅粉知己漸被體味為本真生命
的必須，詞人在「歸去來」的遊宦之路上慢慢地逼近了生命真相。

念奴嬌

張孝祥

　　洞庭青草，近中秋、更無一點風色。玉鑒瓊田三萬頃，著我扁舟一葉。　　素月分輝，明河共影，表裏俱澄澈。悠然心會，妙處難與君説。

　　應念嶺表經年，孤光自照，肝膽皆冰雪。短鬢蕭疏襟袖冷，穩泛滄溟空闊。盡挹西江，細斟北斗，萬象爲賓客。叩舷獨嘯，不知今夕何夕。

　　持守抗戰原則卻遭逢絕大阻力時張孝祥在洞庭湖邊的琉璃世界中向歷史深處眺望，洞見了天地間燭照古今的純白心性之亮光，人生之本源與宇宙之本源相照面，在瞬間證悟中詞人寫出了這首歷代而下收穫無數譽詞的曠世佳作。

鷓鴣天

陸　游

　　家住蒼煙落照間，絲毫塵事不相關。斟殘玉瀣行穿竹，卷罷黃庭臥看山。

　　貪嘯傲，任衰殘，不妨隨處一開顏。元知造物心腸別，老卻英雄似等閒！

哨　遍

秋水觀

辛棄疾

　　蝸角鬥爭，左觸右蠻，一戰連千里。君試思、方寸此心微。總虛空、並包無際。喻此理。何言泰山毫末，從來天地一稊米。嗟大小相形，鳩鵬自樂，之二蟲又何知。記跕行仁義孔丘非。更殤樂長年老彭悲。火鼠論寒，冰蠶語熱，定誰同異。

　　噫。貴賤隨時。連城才換一羊皮。誰與齊萬物，莊周吾夢見之。正商略遺篇，翛然顧笑，空堂夢覺題秋水。有客問洪河，百川灌雨，涇流不辨涯涘。於是焉河伯欣然喜。以天下之美盡在己。渺滄溟望洋東視。逡巡向若驚歎，謂

我非逢子。大方達觀之家，未免長見，猶然笑耳。北堂之水幾何其。但清溪一曲而已。

報國志願難成恨血成碧時陸游擬眺望故鄉山林雲水、辛棄疾擬眺望莊子漆園陶公三徑，以求獲得某種心靈證悟慰籍心靈創痛，他們的眺望結果是「念壯士，到死心如鐵」的愛國情熾是他們此生的宿命，故鄉山林雲水、莊子漆園陶公三徑只能寬釋並不能從根本上救贖他們的國殤之痛。

夷則商國香慢
賦子固淩波圖
周密

玉潤金明。記曲屏小幾，翦葉移根。經年汜人重見，瘦影娉婷。雨帶風襟零亂，步雲冷、鵝箒吹春。相逢舊京洛，素扂塵緇，仙掌霜凝。

國香流落恨，正冰鋪翠薄，誰念遺簪。水天空遠，應念鸞弟海兄。渺渺魚波望極，五十弦、愁滿湘雲。淒涼耿無語，夢入東風，雪盡江清。

醉蓬萊　歸故山
王沂孫

掃西風門徑，黃葉凋零，白雲蕭散。柳換枯陰，賦歸來何晚。爽氣霏霏，翠蛾眉嫵，聊慰登臨眼。故國如塵，故人如夢，登高還懶。

數點寒英，為誰零落，楚魄難招，暮寒堪攬。步屧荒籬，誰念幽芳遠。一室秋燈，一庭秋雨，更一聲秋雁。試引芳樽，不知消得，幾多依黯。

虞美人
聽雨
蔣捷

少年聽雨歌樓上，紅燭昏羅帳。壯年聽雨客舟中，江闊雲低、斷雁叫西風。　而今聽雨僧廬下，鬢已星星也。悲歡離合總無情，一任階前點滴到天明。

臺城路
抵吳，書寄舊友
張　炎

　　分明柳上春風眼，曾看少年人老。雁拂沙黃，天垂海白，野艇誰家昏曉。驚心夢覺。謾慷慨悲歌，賦歸不早。想得相如，此時終是倦遊了。

　　經行幾度怨別，酒痕消未盡，空被花惱。茂苑重來，竹溪深隱，還勝飄零多少。羈懷頓掃。尚識得妝樓，那回蘇小。寄語盟鷗，問春何處好。

　　趙家天破肝膽俱碎後周密、王沂孫、蔣捷、張炎等宋遺民眺望隱者柴門小扉後的安寧世界，欲以之熄滅遺民心火，但遺民情累是何等深重的背負，隱者之空、之淡、之寧定只能中和掉其中一部分罷了……

　　上文引過《淮南子·說林訓》中的一句話：「墨子見練絲而泣之，為其可以黃，可以黑。」生命初臨人世時所有的人都是純白練絲，沒有被苦難疼痛、世俗機心所染，可到了生命終點處，有多少人還是純白練絲呢？多是一片雜然紛陳的混合色也，倘若能在塵世中常常閉上心門，將喧嘩與騷動拒之門外，心門關閉後在「看不見的風景」中眺望彼岸，用「看不見的風景」中的淨水洗汰生命這束練絲，不是能讓生命活得更純粹、更潔淨、更從容優裕嗎？

第五章　明朝與宋

　　朱元璋恢復了漢族的大一統之後，講求正心誠意、惺惺戒懼的程朱理學再次被推舉爲主流意識形態，士人思想受到嚴重禁錮，「和柔異愞」成爲明初洪武、永樂年間的主流士風，如此士風，既無益於士人生命價值的實現，亦無益於社會的良性發展。思想界在等待一個合適的契機打破禁錮，創有明一代「心學」的王陽明先生便是思想界的破冰之人，「一破俗學，如洪鐘之醒群寐」（鄒元標《願學集》卷五《重修陽明先生祠記》）。王陽明開啓了一個心的解放過程，這也是一個祛魅去蔽的過程，所有的人格神都從神壇上被拉下，自「嘉隆而後，篤信程朱，不遷異說者，無復幾人矣。」（《明史‧儒林傳論》）瀆神狂歡後，明朝的思想天空開始眾星閃爍：以情爲教、尚奇尚俗、崇智崇欲⋯⋯多姿多彩的理論形態中貫穿著一條主線：「顧此千尺軀，即爲黃金寶」，個人的欲望滿足和價值實現被推上了虛位以待的價值寶座。美國學者格里芬曾對「現代性」解釋道：「無論如何，現代性意味著對自我的理解由群體主義向個人主義的一個重大轉變。」〔註1〕我們可將明代視爲古老中華大地上的人本主義

〔註1〕　大衛‧雷‧格里芬著，王成兵譯：《後現代精神》，北京：中央編譯出版社，1998 年版，第 13 頁。

孕育期和現代思想的萌芽期，斯時中國人學思想發展呈露出一派青蔥氣象，只是這些可貴的精神花苞尚未來得及開放便毀滅在大清鐵蹄的噠噠聲中了，斯爲中華文明一大憾事也。

　　明人「人的全面發現」中情的發現尤爲突出，明人的理論話語中情開始具有了生命本體地位，情本體論的理論闡述在中國封建文明發展史上是絕無僅有的。人的發現和情的發現在宋詞中都曾出之以詩學表現，對於明人來說，更具意義的是他們開啓了兩者的理論言說歷程。

一、生命之圓
——論「人的全面發現」之明人理論話語和宋詞人之詩學表現

　　在宋人時代心靈共相之章的闡述中我們曾論及宋人內外雙修、憂樂互濟的成熟文化人格，說明過宋人往往秉持著多元價值觀，以求取個人生命盡可能的拓展和個人價值在現世生活中盡可能充分的實現，以求最大程度上完美生命之圓。他們一方面在外部世界中努力奮進，渴望事功理想的實現，這是個人價值的傳統域，也是中國封建社會士人永遠擺脫不開的政治鄉愁，姑引一些詞篇對宋人的這一人格鏡面內證之：

滿江紅

文天祥

　　燕子樓中，又捱過、幾番秋色。相思處、青年如夢，乘鸞仙闕。肌玉暗消衣帶緩，淚珠斜透花鈿側。最無端、蕉影上窗紗，青燈歇。

　　曲池合，高臺滅。人間事，何堪說。向南陽阡上，滿襟清血。世態便如翻覆雨，妾身元是分明月。笑樂昌、一段好風流，菱花缺。

念奴嬌

登多景樓

陳 亮

危樓還望；歎此意，千古幾人曾會。鬼設神施，渾認作，天限南疆北界。一水橫陳，連崗三面，做出爭雄勢。六朝何事，只成門戶私計。

因笑王謝諸人，登高懷遠，也學英雄涕。憑卻長江管不到，河洛腥膻無際。正好長驅，不須反顧，尋取中流誓。小兒破賊，勢成寧問強對。

六州歌頭

賀 鑄

少年俠氣，交結五都雄。肝膽洞，毛髮聳。立談中，死生同。一諾千金重。推翹勇，矜豪縱。輕蓋擁，聯飛鞚，斗城東。轟飲酒壚，春色浮寒甕，吸海垂虹。閒呼鷹嗾犬，白羽摘雕弓，狡穴俄空。樂匆匆。

似黃粱夢。辭丹鳳，明月共，漾孤篷。官冗從，懷倥傯，落塵籠。簿書叢。鶡弁如雲眾。供粗用，忽奇功。笳鼓動，漁陽弄，思悲翁。不請長纓，繫取天驕種，劍吼西風。恨登山臨水，手寄七絃桐，目送歸鴻。

漁家傲

范仲淹

塞下秋來風景異，衡陽雁去無留意。四面邊聲連角起。千嶂裏，長煙落日孤城閉。濁酒一杯家萬里，燕然未勒歸無計。羌管悠悠霜滿地。人不寐，將軍白髮征夫淚。

這是宋人人格多棱鏡的主要鏡面，宋人人格多棱鏡的另一主要鏡面則是對個人生活空間的悉心經營、感性情懷的充分滿足和個人內面世界的呵護修繕……這一鏡面宋朝開國皇帝實肇其端也，宋太祖曾對臣下說：「卿等何不釋去兵權，出守大藩，擇好便田宅市之，為子孫立永久不可動之業，多置歌兒舞女，日夕飲酒相歡，以終天年」（邵

博《邵氏聞見後錄》）。宋後世帝王的做法及對臣僚的引導亦多半類此，《續資治通鑑長編》卷二十五雍熙二年（985）夏四月丙子條載：「是日招宰相、參知政事、樞密三司使、翰林樞密直學士、尚書省四品、兩省五品以上三館學士宴於後苑，賞花釣魚，張樂賜飲。命群臣賦詩、習射。至是每歲皆然。賞花釣魚曲宴始於是也。」宋人人格多棱鏡的這一鏡面亦與宋學思想有關，「統攝中國古代社會的儒道釋三家學說發展到宋代也出現了一些非同尋常的變化。以弘儒爲目的的周敦頤、程顥、程頤、朱熹等士大夫接受道釋影響，發展出了讓後人無法小瞧的新儒學─理學，並使理學成爲影響當時及後世社會的一股重要思潮。理學與舊儒學比較起來，無疑更具有哲學深度和科學體系，然而它在外向進取上卻要比舊儒學疲軟得多。它實際上對孔孟主張的『內聖外王』作了閹割（雖然理學家也叫嚷『內聖外王』）將『內聖』推崇和放大到了極致，而將象徵男性陽剛之氣、象徵身體力行及外向進取的『外王』偷偷摸摸地割去了。這種內聖外『宦』的理學是一種地道的倫理主體性本體論學說，它關心的是追求『孔顏樂處、民胞物與、浩然正氣』理想的『內聖』人格的構建，它注重於知性反省，造微於心性之間，它用代表對封建綱常、人生情趣、生活理想作自覺心理追求的『理』取代了舊儒學中的『禮』。」〔註2〕楊海明師曾說：「這一代文人既過著縱情歡娛的『酣玩』生活，又不乏對於人生的詩意消遣和精細品嘗」〔註3〕對於宋人人格中的這一鏡面我們也擬摘取幾朵宋詞之花來細細欣賞和品味：

黃庭堅

念奴嬌

　　斷虹霽雨，淨秋空，山染修眉新綠。桂影扶疏，誰便道，今夕清輝不足？萬里青天，姮娥何處，駕此一輪玉。

〔註2〕 徐清泉《文化享樂：宋代審美文化的社會動因》，《上海大學學報》，1997年，第5期，第57頁。
〔註3〕 楊海明：《唐宋詞與人生》，石家莊：河北人民出版社，2002年版，第224頁。

寒光零亂，爲誰偏照醽醁？年少從我追遊，晚涼幽徑，繞
張園森木。共倒金荷，家萬里，難得尊前相屬。老子平生，
江南江北，最愛臨風笛。孫郎微笑，坐來聲噴霜竹。

滿庭芳

秦　觀

紅蓼花繁，黃蘆葉亂，夜深玉露初零。霽天空闊，雲
淡楚江清。獨棹孤逢小艇，悠悠過、煙渚沙汀。金鈎細，
絲綸慢卷，牽動一潭星。

時時橫短笛，清風皓月，相與忘形。任人笑生涯，泛
梗飄萍。飲罷不妨醉臥，塵勞事、有耳誰聽？江風靜，日
高未起，枕上酒微醒。

摸魚兒

劉辰翁

怎知他，春歸何處？相逢且盡尊酒。少年娟娟天涯恨，
長結西湖煙柳。休回首！但細雨斷橋，憔悴人歸後。東風
似舊，問前度桃花，劉郎能記，花復認郎否？

君且住，草草留君剪韭，前宵正憑時候。深杯欲共歌
聲滑，翻濕春衫半袖。空眉皺，看白髮尊前，已似人人有。
臨分把手，歎一笑論文，清狂顧曲，此會幾時又？

臨江仙

葉夢得

自笑天涯無定準，飄然到處遲留。興闌卻上五湖舟。
鱸尊新有味，碧樹已驚秋。

臺上微涼初過雨，一尊聊記同遊。寄聲時爲到滄洲。
遙知敧枕處，萬壑看交流。

個人身心不能充分安泊又如何能安放好天下蒼生，人格中的這
一鏡面不可謂不重要也。上引詞篇充分發露了宋人同時顧及公私兩
方面以求生命盡可能成爲內外皆圓滿無漏的生命之圓的作爲，但斯
時還沒有理性自覺和理論闡述，時至朱明王朝，這一步驟得以完成。

「陽明心學的流行，變「學」為『覺』，是明代學術史的一大變化，也是中國思想史的一大變化。」〔註4〕「覺」既是王陽明先生對先人之論的領受和繼承，也有很多自家體貼的成分在內，先於王陽明的陳獻章曾說：「人爭一個覺字，才覺便我大而物小，物盡而我無盡。」又說：「學無難易，在人自覺耳，才覺退便是進，才覺病便是藥也。」（陳獻章《陳獻章集》卷二）南宋陸九淵繼之，「其立教以易簡覺悟為主」。王陽明結束了「變學為覺」理論的零碎散亂陳述，對之細論之、詳證之，建構出令人信服的邏輯嚴密的理論體系，從此，一種嶄新的思維方式盛開在國人思想園圃中。「夫學貴得之心，求之於心而非也，雖其言之出於孔子，不敢以為是也，而況其未及孔子者乎？求之於心而是也，雖其言出於庸常，不敢以為非也，而況其出於孔子者乎？……夫道，天下之公道也；學，天下之公學也。非朱子可得而求也，非孔子可得而似也。」（王陽明：《答羅整庵少宰書》）〔註5〕以自我覺解為生命指南，所有的人皆從聖壇被拉下，即便是儒學的奠基者孔子，其觀點如與自己的見解不相契合亦無足取也。

明人不再用某種先在的理論捆綁自己活潑潑的生命，而是完全遵從自性的指引，以自我內心的聲音為最高律令。明代中後期心學代表作家的著述中，以「自」為根的詞很多，如「自學」「自修」「自信」「自立」「自覺」「自疑」「自悟」「自得」「自由」「自然」……，這些語詞是一個通道，讓明人得以進入一個以自我為中心的思想空間，這個空間在儒學思想統領下習慣於順從集體話語的中國封建文明史上是殊難聽睹的。我的地位自此凸顯，我之方方面面的滿足被推向了價值前臺，自適成為明人生活中的重要概念，「人生有形貴自適，我今胡為塵埃中。」（李夢陽《鍾欽禮山水障子圖》）適人之適似乎是重禮教的中國古代封建社會的必需，因此異化常在，明人感

〔註4〕 夏咸淳：《情與理的碰撞》，保定：河北大學出版社，2001 年版，第142 頁。

〔註5〕 〔明〕王陽明：《王文成公全書》卷二，上海：上海商務印書館，1934年版

歉道：「翠裙白領眼中無，飛上木犀還一呼。乾坤未可輕微物，自在天機我不如。」（陳獻章《木犀枝上小鵲》）明人中斷了延續已久的國人精神慣性，以自適作爲生命題旨，渴求人在世間坦懷任意、自在遊行的生命姿態，「上貴爲己，務自適。雖伯夷、叔齊同爲淫辟；不知爲己，唯務爲人，雖堯、舜爲塵垢、粃糠。」（李贄：《答周二魯》，《李氏文集》卷二十）明人眼中，即便是歷史上負載盛譽之人如堯舜伯夷、叔齊等，其行止如非出於生命本身的需要而是適人之適的話，也只是不足爲觀的淫辟、塵垢、粃糠而已，明人對傳統觀念的顛覆不可謂不大膽也。

　　自適其適者只以本我面目示人，且自在於生命本眞，個人與他人相異之特質被珍視被推賞，明朝中後期掀起了一股尙奇的風潮，袁宏道《徐文長傳》道：「文長無之而不奇也」，《四聲猿跋》中說：「徐山陰，曠代奇人也。行奇，遇奇，詩奇，文奇，畫奇，書奇，而詞曲猶奇。」（磊居士：《四聲猿跋》）〔註6〕明末選家陸雲龍《翠娛閣十六家小品》評道：「不觀《鴻苞》，不知赤水之奇；不讀《廣莊》，不盡中郎之奇。」大旅行家徐霞客自幼好奇，有人稱讚他「倜儻之奇，天下奇勝無不遊，奇人無不交，奇事無不探，奇書無不嚮。」（《高士霞客公傳》）明朝可謂奇人奇事、奇行奇言疊出。漢語語彙中「奇」本爲中性，並無貶褒色彩，可在明人口中眼中，標舉個性的奇人奇事奇行奇言之奇景斯爲人間美景，對之寶愛歎賞無盡，湯顯祖《序丘毛伯稿》說：「士奇則心靈，心靈則能飛動，能飛動則下上天地，來去古今，可以屈伸長短生滅如意，如意則可以無所不如」。對奇的認同、推賞和踐履的背後便是對個性的尊重，對自身獨特價值的認可，橫戈躍馬的花木蘭巾幗英姿令人神爽，閒若嬌花照水、行若弱柳扶風的林妹妹也自是讓人憐愛無比，「我與我周旋久，寧作我也」這句話在中晚明得到了普遍性的觀念認同和事實踐履，明人以對個性的尊崇和標揚刷新了這個被美醜、賢愚、窮達二分的意識形態割裂了的世界。

〔註6〕〔明〕徐渭：《徐渭集》北京：中華書局，1983 年版，第 1359 頁。

　　明人明言對欲望滿足的渴求，明中期大儒李夢陽的觀點令先儒駭目：「天地間惟聲色。人安能不溺之？聲色者，五行精華之氣以之爲神者也。凡物有竅則聲，無色則敝，超乎此而不離乎此，謂之不溺。」（李夢陽《空同集》卷六五）「發乎情止乎禮義」一直被儒教後學奉爲不可移易的立身之道，既然連情感都要加以限制使之勿失爲縱濫，更遑論聲色這種純爲欲性的東西了，而大儒李夢陽卻將之視爲天地兩間的根本，認爲人溺於此實屬人性勢所必至。儒學發展至此已遠遠偏離了主乾道，身體現世狂歡的享樂之門越開越大，「由樸而侈，由質而華，由淳而漓，明代社會習俗、社會心理的變化，有個漸衍的過程，成、弘間微露端倪，正嘉間已很突出，引起時人的關注。」〔註 7〕「俗好婾靡，美衣鮮食，嫁娶葬埋，時節饋餽，飲酒燕令，竭力以飾觀美。」（歸有光《震川先生集》卷三）張岱回憶明朝末年的生活道：「少爲紈綺子弟，極愛繁華，好精舍，好孌童，好鮮衣，好美食，好駿馬，華燈，好煙火，好梨園，好鼓吹，好古董，好花鳥，兼以茶淫橘虐，書蠹詩魔，勞碌半生。」（張岱《琅嬛文集》卷五《自爲墓誌銘》）完全是人在此岸的享樂紀錄，欲望旗幟被明人高高舉起。根據馬斯洛的需求層次理論，人的自我實現需求是最高位的需求，渴望生命價值全面實現的明人當然會有這種高位的滿足需求。明人重我、重眞的自我意識使得他們堅持以我之獨特方式、我之天賦才情求取自我實現，行業身份與品行高下之間的不當連接被切斷，士農工商的尊卑排序被顛覆，李夢陽說：「夫商與士異術而同心，故善商者，處貨利之場，而修高明之行，是故雖利而不污。」（李夢陽《空同集》卷四四）商人從此不再必然地被置於道德底層，明話本小說中有許多關於商人懿德的記載，商人們自身亦不覺得身份底下，在社會中挺直了腰肝。明朝文藝家期望以作品垂名後世，唐寅用「蜉蝣自見」一詞表達出這種欲望，

〔註 7〕 夏咸淳：《情與理的碰撞》，保定：河北大學出版社，2001 年版，第158 頁。

他說：「若不託筆箚以自見，將何成哉？譬如蜉蝣，衣裳楚楚，身雖不久，爲人所憐。」（唐寅《與文徵明書》）茅坤恥與「腐草同沒」，欲「自勒一家，以遺於世」，「自著文采，以表見於後。」（茅坤《茅鹿門先生文集》卷一）人類歷史發展進程中，立德立功立言本沒有高下之別，就立言而論，私話語言說與政治大話語的表達也沒有價值高低之分，而是各具彼此間不能互相取代的作用。試想，如果沒有道德約束，價值失範精神混亂將在所難免，如果沒有世間責任的承擔者去建功立業，社會由誰來維繫？如果沒有建構審美空間的文藝，詩意棲居如何達成？封建道統籠罩下文藝常處於受貶抑的地位，如宋儒持有「作文害道」、「作詩無益」的言論，明初宋濂等人以「溺於文辭，流蕩忘返」爲愧（明·宋濂《贈梁建中序》）。時至中晚明局面發生了改變，文藝從業者受到褒揚和尊敬，大學士李東陽作詩稱讚沈周道：「蔓草叢花滿世間，石田胸自有江山。君看絕頂孤眠處，萬仞高風未可攀。」大儒李夢陽歌詠曹植、李白云：「流光耀千古，不與日星隱。」頌韓愈道：「冕服前朝貌，文章百代名。」社會對名人字畫求之若渴，沈周故里相城在長洲縣東北四十里，「求索者每黎明門未闢，舟已塞乎其港矣，間以事入城，必擇地之僻陋者潛焉，好事者已物色之，比至，則屨滿乎其外矣。」〔註8〕「瑣至一曲之藝，凡利人者，皆聖人也」（徐渭《論中三》），明朝自我實現路途多端，以往文化語境中被卑視的引車賣漿者之流，只要能以一技之長利人利世，皆受到敬重，李贄說，「技藝神聖，人自重之」，「神聖在我，技不得輕矣。」（李贄《續焚書》）這些含蘊著眾生平等觀念的聲音出現在封建社會確屬難能可貴，也證實了明朝的確是一個個人價值大發現和多方面實現的人本主義時代，很多傳統理念都被中斷了。

〔註8〕　夏咸淳：《情與理的碰撞》，保定：河北大學出版社，2001 年版，第166 頁。

二、此岸方舟
——論「情本體論」之宋詞人詩學呈現和明人之理論言說及詩學呈現

　　瀆神后的明人在聖壇缺位後追求自我狂歡，他們發現心的狂歡可以籍由愛情的實現來滿足，情在明人的理論闡述中開始具有了生命本體的色彩，馮夢龍是「情本體論」觀點持有者的典型代表，他自號「情癡」，在《情史》末所附的《情偈》中道，「天地若無情，不生一切物。一切物無情，不能環相生。生生而不滅，由情不滅故。四大皆幻設，惟情不虛假。有情疏者密，無情親者疏。無情與有情，相去不可量。我欲立情教，教誨諸眾生。……」（馮夢龍：《情史》）「四大皆幻設」，馮夢龍也有與佛家相似的空觀，但其理論有破有立，破去物質實有之價值，稱其為幻為空，而後確立情之本體地位，視其為幻中之真。馮夢龍欲以情為教，在儒家立德立功立言之三不朽的基礎上將情系列其間，「古有三不朽，以今觀之，情又其一矣。無情而人，寧有情而鬼。但恐死無知耳。如有知，而生人？不得遂之情而於鬼，吾猶謂情鬼賢於無情人也。」（魏同賢《太霞新奏·情仙曲序》卷一評語）馮夢龍將人類與愛情的關係比喻為如「草木之生意，動而為芽，情亦人之生意也，誰能不芽者？」認為倘若禁止人們相愛，「是欲以隆冬結天地之局，吾未見其可也！」（《情史》卷一五）他稱有情之人為「愛神」，有情之天下為「欲天」，有情之意緒為「歡喜意」。「人生死於情者也，情不生死於人者也。人生，而情能死之。人死，而情能生之」、「情生愛，愛復生情，情愛相生而不已」以至出現「死亡滅絕之事」。（《情史》卷六）馮夢龍認為生死皆可以通過情來轉換，其情教信仰一何深也。當然視情為生命本體在明朝並非馮夢龍個案如此，這已然成了明朝文人的共識，袁宏道自稱「有情之癡」，李流芳曰「自古鐘情在我輩」，「僕本恨人，終為情死，至取二語刻為印記佩之」〔註9〕，潘之恒說：「情者，

─────────────

〔註9〕　夏咸淳：《情與理的碰撞》，保定：河北大學出版社，2001年版，第166頁。

人之所自生也。情之不知，與枯木朽株等耳，故與其不及也，寧過。」
（潘之恒《鸞嘯小品》卷八）「湯顯祖美學思想的核心是「情」這個範
疇……我粗略統計了一下，在湯顯祖的詩歌散文和劇作中，這個「情」
字總共出現了一百多次。」〔註10〕譚元春評梁朝劉緩《敬酬劉長史詠
名士悅傾城》道：「此情常留於天地之間，則人生有趣，生趣不墜，則
世界靈活。」（譚元春，鍾惺《古詩歸》卷一四）李贄云：「絪緼化物，
天下亦只有一個情」、明末清初文人張潮說：「情之一字，所以維持世
界。」（張潮《幽夢影》）其友曹沖谷說：「情字如此看方大，若非情之
維持，久已天崩地裂。」（《幽夢影》卷下）

　　明人一邊在正面訴說著情本體論的深衷大義，一邊又去反面批
判世人對情之誤讀。在中西方人的觀念中，修行者無疑都需要禁欲，
情慾被中西方的教規視為原罪、視為妨害修行人心性的洪水猛獸，
和尚有妻室謂之「火宅僧」，道士娶妻謂之「火宅道士」。而明人則
一反舊說，認為修行與男女間的真情其實並不相違相礙，反倒可以
相互促進，陳繼儒說：「道人也說風情話，正王辰玉所謂『豪傑薄上
寫相思，神仙眼中滴紅血』也。從來有根器人，每於粉黛叢中認取
本來面目，不知者便以為火宅矣。」〔註11〕禪宗常言「佛頭著糞」，
亦即只要你有慧根，一切事物都可成為你開悟的契機，說到極端處，
道在屎尿，就連大糞中也有佛性，也是道之體現，更何況兩性間的
美麗情感呢？在靈魂同質的異性身上倒是更易覺知自家本性、覓得
道之根本吧！情之誤讀在明代還有另一處回歸，鍾惺《古詩歸》中
說：「從來節字皆生於一情字」（譚元春、鍾惺《古詩歸》），女子守
節最初純粹出於自願，是她們自身濃至的情感生命的需要，人已去，
情尚醇濃，她們只願獨自一人靜悄悄地在回憶中消化和享受濃至的

〔註10〕葉朗：《中國美學史大綱》，上海：上海人民出版社，1985 年版，第
　　　　339～340 頁。
〔註11〕夏咸淳：《情與理的碰撞》，保定：河北大學出版社，2001 年版，第
　　　　231 頁。

愛情，而不願再去經營另一段沒有感情基礎的婚姻，這是女子守節方式之一：守寡。女子守節還有另一種方式：共同赴死。愛人已去，獨留世間者生之興味寥寥，又怕另一維時空中的愛人經受不住煢煢孑立的孤獨之苦，於是急急地趕去，匆匆地又去牽他的手。「執子之手，與爾偕老，執子之手，與爾偕歸」，與其在人世淒冷獨行，不如與愛人一同懸崖撒手，這是明代女子守節方式之二。這兩種守節方式對於守節者來說原本都是女子們的自我選擇，完全源於內心的眞實需要，可後來卻墮落成了中國封建禮教醜陋的、殘酷的強制行爲，本爲濃至情感注腳的守節行爲因此喪失了原初意義和正價值，反倒成爲了剝奪女性活潑潑生命權利的負價值，如此強制行爲的背後便是古中國的男性話語霸權。對情有著嶄新認知的明代對情之誤讀的這一最惡劣表現進行了意識形態層面和現實層面的雙重否定，守節與否，都尊重女性自身的選擇，並不強求，這是對女性生命權利和愛情權利的尊重。

明人將愛情這一相伴人類始終的精神現象以理論去蔽的方式澄明在國人面前，這是思想界的一股嶄新浪潮，「情的發現」、情本體論的理論言說在漠視愛情價值的中國封建文化史上具有特別的意義。明代以前的人也曾模糊感知過愛情的價值並進行過詩學呈現，如宋詞中的愛情篇章，讀者可以在其中體味到愛情的人性提純作用、愛情的沉醉迷狂功效、愛情的苦難拯救之力和愛情的本眞敞亮之功……擬以晏幾道的作品賞析之：

鷓鴣天
晏幾道

　　小令尊前見玉簫，銀燈一曲太妖嬈。歌中醉倒誰能恨？唱罷歸來酒未消。春悄悄，夜迢迢。碧雲天共楚宮遙。夢魂慣得無拘檢，又踏楊花過謝橋。

「歌中醉倒」，夢魂「無拘檢」，沉醉迷狂於愛情攜至的高峰體驗，生命由此被渡入本眞域之中，況周頤《蕙風詞話》卷二「小山

阮郎歸」條云：「小晏神仙中人，重以名父之貽，賢師友相與沆瀣，其獨造處，豈凡夫肉眼所能見及。』『夢魂慣得無拘管，又逐楊花過謝橋』，以是為至，烏足與論小山詞耶。」非本真生活中處處是肉眼凡胎，向上飛騰的翅膀缺少超昇飛舉的力量，因之與愛情方舟渡入本真域中者有了質的區別。

臨江仙
晏幾道

　　夢後樓臺高鎖，酒醒簾幕低垂。去年春恨卻來時，落花人獨立，微雨燕雙飛。　　記得小蘋初見，兩重心字羅衣。琵琶弦上說相思。當時明月在，曾照彩雲歸。

　　心與心的疊合過程中人生之旅的苦難被消解，生命堪與絢麗多姿的雲霞相媲美，於中可見愛情的苦難拯救之力。梁啓超《飲冰室評詞》曰：「康南海謂起二句，純是華嚴境界。」〔註12〕豈獨是起兩句，整篇都是如陳匪石所言「雅絕，韻絕，厚絕，深絕。」之華嚴境界（《宋詞舉》）〔註13〕。

虞美人
晏幾道

　　曲闌干外天如水，昨夜還曾倚。初將明月比佳期，長向月圓時候、望人歸。　　羅衣著破前香在，舊意誰教改。一春離恨懶調弦，猶有兩行閒淚、寶箏前。

　　「羅衣著破前香在，舊意誰教改」，生命繫念於生死契闊的理想，終身執守以之為歸，純白心性的光亮灼照天地，於中可以體味愛情的人性提純之功。唐圭璋《唐宋詞簡釋》：此首寫離恨。上片言望之切，下片言恨之深。起兩句，是倚闌所見。「初將」兩句，是倚闌所思。「羅衣著破」，別離之久可知。前香猶在，舊意未改，亦極

〔註12〕吳熊和：《唐宋詞彙評》，杭州：浙江教育出版社，2004年版，第334頁。
〔註13〕吳熊和：《唐宋詞彙評》，杭州：浙江教育出版社，2004年版，第335頁。

見忠厚之忱。〔註14〕愛情便是人性與人性照面，此一極忠厚過程便使其從隨人性間阻隔而至的迷途回返生命的本眞之域。

　　宋人情愛的鈞天大樂由晏幾道與他人合奏而成，「此情無計可消除，才下眉頭，卻上心頭」（李清照《一翦梅》）、「長記曾攜手處，千樹壓西湖寒碧」（姜夔《暗香》）、「嬌癡不怕人猜，和衣睡倒人懷。最是分攜時候，歸來懶傍妝臺。」（朱淑眞《清平樂》）、「樓前綠暗分攜路，一絲柳一寸柔情。……黃蜂頻撲秋韆索，有當時纖手香凝。」（吳文英《風入松》）宋詞中關乎情愛的佳言玉屑傾吐不盡也，宋詞史中的愛情篇章是它最動人的部分。

　　但斯時這一切還沒有進入到國人的理性視域中，國人還沒有展開過愛情意義的理論闡述，明人筆下則開始了情本體論的理性認知和理論言說歷程。西方文明對愛情的價值、愛情的本體地位有著遠超出於東方文明的深刻認識，保加利亞作家的瓦列夫《情愛論》、美國心理學家弗洛姆的《自我實現的人》這兩部著作都對愛情進行過精彩的理論闡述，他們都將愛情視作人生幸福的必要條件、漂泊之人返家的重要路途，並認爲人的很多心理疾病都根源於愛的匱乏。波蘭已故導演波斯特洛夫斯基在《紅》《白》《藍》的系列電影中走了一條輪迴之路，始之以《藍》中對愛情的懷疑，繼之以《白》中對愛情的否定，終之以《紅》中對愛情的復歸，收束處的《紅》告訴觀眾愛情仍然是我們向上的正路和救贖。「存在嵌入虛無」是人生難以避免的宿命，最後我們還是要靠這些最基礎的元素將我們托出虛無深淵，完成自我救贖的歷程。明人的情本體論與西方的情愛理論有著很多共識，理論重合點很多，「情的發現」是明人「人的發現」的重要組成部分。

　　理論思維助力下，明代文學中的愛情話語更加光華燦爛，明戲曲、小說和民歌中有著許多出色的情愛歌詠，明代戲曲家湯顯祖更

〔註14〕吳熊和：《唐宋詞彙評》，杭州：浙江教育出版社，2004 年版，第 358 頁。

是創作出了堪稱情之豐碑的經典名作《牡丹亭》,《牡丹亭》是一曲
「情不知所起,一往而深,生者可以死,死可以生」(湯祖祖《牡丹
亭》)的至情頌歌,主人公杜麗娘和柳夢梅與雙雙化蝶的梁山泊和祝
英臺、與木石前盟淚盡還情的林黛玉和賈寶玉一樣已成了愛情領域
的中國表情,與西方語境中的羅密歐和朱麗葉相對應。男女愛情的
實現形式有三種:形交、目交、心交,形交即愛情獲得了身體交合
的性愛實現,目交即彼此間的目成情通、神授色與,目光流轉間似
乎什麼都沒說但似乎什麼都說盡了,心交即突破了時空阻隔的心魂
纏綿,縱然命運的乖謬使彼此間連目光的流轉交接都被終止,心靈
仍可以衝破重重阻礙長相守,這是中國式愛情的最高形式,也最為
中國文人所嚮往。《牡丹亭》中杜麗娘與柳夢梅的愛情即始之以心
交,杜麗娘僅僅是見到了柳夢梅的畫像,與「宿世那冤家」生死隨
之的千古至愛便由此展開,何以如此,沒有理由亦無從解釋。芸芸
眾生,英俊者有之,富貴者有之,風流倜儻者有之,可在相愛之人
的視線中,這些人都是不相干的異者,人世間只有唯一的一個靈魂
知己,辨認的依據完全無關乎現世的條件:身份、年齡、國籍、地
位、財富等,這些都是要打破的壁障,是心靈視線要穿透的身外之
物,相愛者的目光直接抵達彼此的靈魂最深處,辨認出對方才是自
己在塵世的家,回家的旋律在心頭暖心吟唱。崑曲《牡丹亭》一唱
三歎地從古唱到今,唱不完「問世間情為何物,直教人生死相許」
的慨歎,唱不盡情的纏綿、情的溫暖。水袖嬝娜依依纏綿,演者觀
者都為之銷魂意盡。演員商小玲在演出此戲時觸引出自身情傷,情
腸痛斷而死,俞二娘捧讀《牡丹亭》被書中文字引逗出心頭幽恨命
喪黃泉,金鳳鈿酷愛《牡丹亭》,死前留下遺願要以《牡丹亭》殉葬,
馮小青生命走至盡頭時留下詩句:「冷雨幽宵不可聽,挑燈閒讀《牡
丹亭》。人間亦有癡如我,豈獨傷心是小青。」(馮小青《題牡丹亭》)
臺灣的著名作家白先勇先生精心打造了青春版《牡丹亭》,在世界各
地的每一場演出都引起了極大的轟動。真正的愛情依然世間稀有,

太多的人只能在尋找不到人世靈魂唯一相知者的錯謬中生存，觀看這齣劇時很多觀眾聽到了心底的那聲歎息，這聲歎息在沉淪的日常生活中往往被遮蔽，但人類心底深處的渴求在適當的情境下，尤其是在藝術情境中會蘇醒，提醒著你生命的最需要，《牡丹亭》像一把利斧，劈開了生活在網絡社會的人們人生的浮泛表面，直劈進了心靈深處，我想白先勇先生是達到了他創作青春版《牧丹亭》的目的了。

第六章　清朝與宋

　　農耕文明再次被遊獵文明征服，大清的鐵蹄聲將愛覺新羅王族帶到了紫禁城的皇帝寶座上，他們的治世、治人手段已非昔日統治漢族的游牧民族可比，他們既重強權威懾，如立國初「留髮不留頭」政令的強制推行，又在堪破漢人心理的基礎上以其人之道治其人之身，清統治者很明瞭思想鎖鏈在鞏固封建社會統治秩序方面的作用，思想一元化禁錮又在清康熙時代重演，程朱理學再次被推上了意識形態的寶座。思想高壓政策下士子人格萎縮、自信力大爲衰減，學者兼選家李祖陶曾形容康乾時期知識階層的心理狀況道：「人情望風覘景，畏避太甚，見鱔而以爲蛇，遇鼠而以爲虎，消剛正之氣，長柔媚之風。」（李祖陶《邁堂文集》卷一）大清思想文化專制的冷多造成了有清一代知識分子與其它朝代相比，不僅外在事功方面少有建樹，即便就立言而論，亦表現得守成有餘創新不足。士人被剝奪了思考權利後，精神指向何處？大清帝王給了他們一個能讓其心甘情願接受的去處：整理浩如煙海的文化典籍。清朝很多士子在汗牛充棟的故紙堆中終老一生，大腦成爲他人思想的跑馬場，兩腳書櫥腹有詩書卻腦中空空也。人文科學的根本使命原是堪問存在、有效干預社會，可清代的人文科學在很大程度上變味了，它成了帝王的囚籠、懾於文網的知識分子的遁逃藪和僵化神經的麻醉劑。

作爲社會良心的思想界無甚可提及的成果，但在一片白茫茫的大地上卻凸起了一些文學高地，其中曹雪芹的《紅樓夢》是無庸置疑的經典傑作，蒲松齡的《聊齋志異》亦殊爲可觀，這兩部作品對宋詞人的心靈領地進行了再現和拓展，與宋詞一樣，紅樓天地和聊齋世界都是以女性爲主角，兩部小說的女性意識在宋詞的基礎上又向前推進了一步。兩性情感是說不盡的話題，兒女情腸牽動著宋詞人的心，也同樣牽動著《紅樓夢》和《聊齋志異》作者的心，紅樓世界和聊齋天地中除了與宋詞一樣的常態域愛情描寫外，還有著另類情感敘寫，如《紅樓夢》中男主人公的「情不情」之情感模式和《聊齋志異》中的「膩友」之情。《紅樓夢》的題名已然說明了作者「人生如夢」的生命觀，《聊齋志異》中雖未有生命夢觀的字面點醒，但它所描寫的美麗女性美麗愛情都只實現在狐鬼仙姝上，不也說明了作者對於人世的大絕望嗎？在上編宋詞人典型性心靈路徑的剖解過程中我們也曾在宋詞人蘇軾和朱敦儒的心靈路徑中感受過生命夢觀，這使得《紅樓夢》和《聊齋志異》與宋詞相較又具有了另一重可比性。

一、大旨談情
——論《紅樓夢》《聊齋志異》和宋詞人的兩性話語

宋詞宛若一幅光華燦爛的情感織錦，其中既有男性作者對女性豐富情感世界的代言，又有晏幾道、吳文英、姜夔、李清照、朱淑眞等詞人的自我情感言說。宋詞中的兩性愛情話語是愛情的常態域描寫。

菩薩蠻

張　先

牡丹含露眞珠顆，美人折向簾前過。含笑問檀郎：花強妾貌強？

檀郎故相惱，剛道花枝好。花若勝如奴，花還解語無？

點絳唇

李清照

蹴罷秋韆，起來慵整纖纖手。露濃花瘦，薄汗輕衣透。

見有人來，襪剗金鈎溜，和羞走。倚門回首，卻把青梅嗅。

荳蔻年華的二八佳人情竇初開，滿臉「欲說還休」的羞色雲霞。

少年遊

周邦彥

並刀如水，吳鹽勝雪，纖手破新橙。錦幄初溫，獸香不斷，相對坐調笙。

低聲問：向誰行宿？城上已三更。馬滑霜濃，不如休去，直是少人行。

滿庭芳

秦　觀

山抹微雲，天連衰草，畫角聲斷譙門。暫停征棹，聊共引離尊。多少蓬萊舊事，空回首、煙靄紛紛。斜陽外，寒鴉萬點，流水繞孤村。

銷魂，當此際，香囊暗解，羅帶輕分，謾贏得青樓，薄倖名存！此去何時見也？襟袖上、空惹啼痕。傷情處，高城望斷，燈火已黃昏。

情濃如酒，被愛情攜至高峰體驗，「銷魂，當此際」，寧做鴛鴦不羨仙，情愛洗禮後生命體散發出皎潔聖光。

鳳簫吟

韓縝

鎖離愁，連綿無際，來時陌上初薰。繡幃人念遠，暗垂珠淚，泣送征輪。長亭長在眼，更重重、遠水孤雲。但望極樓高，盡日目斷王孫。

消魂。池塘別後，曾行處、綠妒輕裙。恁時攜素手，亂花飛絮裏，緩步香茵。朱顏空自改，向年年、芳意長新。

遍綠野、嬉遊醉眼，莫負青春。

鳳棲梧

柳　永

佇倚危樓風細細。望極春愁，黯黯生天際。草色煙光
殘照裏，無言誰會憑欄意。

擬把疏狂圖一醉。對酒當歌，強樂還無味。衣帶漸寬
終不悔，爲伊消得人憔悴。

有情人被命運播弄分飛兩地時相思情苦，愈是爲情而苦卻愈是
珍重此情、此情難釋也。

「欲天下人共來哭此情字」（甲戌本第八回夾批），《紅樓夢》「大
旨談情」（《紅樓夢》第一回）的尚情取向於文本中時時處處地體現著，
《聊齋志異》中的情愛故事因其超乎現實的美麗而被學者稱爲「情愛
烏托邦」〔註1〕，兩部小說中的愛情描寫都極爲動人。《聊齋志異》《紅
樓夢》這兩部作品中既有對宋詞中兩性間傳統域愛情表現的傳承，又
以「情不情」和「膩友」之嶄新情感模式在宋詞基礎上轉入新境。先
看其繼承性的一面，賈寶玉和林黛玉之間的愛情描寫是《紅樓夢》全
書情節推進的主線，也是小說中傳統域愛情表現的主體，小說中的寶
黛愛情已成國人心中的愛情經典。作爲整部書的中心人物，作者在《紅
樓夢》第一回中交待他們的神話來歷時便已暗示了人物的情癡特色，
「那僧笑道：『此事說來好笑，竟是千古未聞的罕事。只因西方靈河
岸上三生石畔，有絳珠草一株，時有赤瑕宮神瑛侍者，日以甘露灌溉，
這絳珠草始得久延歲月。後來既受天地精華，復得雨露滋養，遂得脫
卻草胎木質，得換人形，僅修成個女體，終日遊於離恨天外，饑則食
蜜青果爲膳，渴則飲灌愁海水爲湯。只因尚未酬報灌溉之德，故其五
內便鬱結著一段纏綿不盡之意。恰近日這神瑛侍者凡心偶熾，乘此昌
明太平朝世，意欲下凡造歷幻緣，已在警幻仙子案前掛了號。警幻亦

〔註1〕 馬瑞芳：《〈聊齋志異〉的男權話語和情愛烏托邦》，《文史哲》，2000
　　　年，第4期。

曾問及，灌溉之情未償，趁此倒可了結的。那絳珠仙子道：他是甘露之惠，我並無此水可還，他既下世爲人，我也去下世爲人，但把我一生所有的眼淚還他，也償還得過他了。』因此一事，就勾出多少風流冤家來，陪他們去了結此案。」（第一回）〔註2〕

　　愛情就是澆貫生命的甘霖啊，有了愛情方可成就眞正的人的生命，生命如果乏此甘霖怕只有枯萎待死的命運了。五內鬱結著的纏綿不盡之意化爲書中主人公在他人看來至癡至呆、在彼此聽來至情至性的話語，「余閱《石頭記》中至奇至妙之文，全在寶玉顰兒至癡至呆，囫圇不解之語中。」（脂評本《紅樓夢》第十九回）旁人囫圇不解彼此間卻心領神會，說明了愛情國度的排它性和非邏輯性。若說外貌，「任是無情也動人」的寶釵並不遜色於黛玉，若論才情，寶釵亦能評詩作文，再說寶釵在賈府上下周旋得甚好，深受眾人喜愛，她的實際生存能力和人際交往能力還遠遠超過了黛玉，但她終究無法贏得寶玉的心，因爲眞愛根本無法以理求之，以邏輯推論之，它完全是世間具有靈魂同一性的兩顆心之間的呼喚與應答，他人無論多優秀也只能是靈魂的異者而無法進入二人的愛情國度中。齡官對賈薔的愛也印證了這一點，作者筆下的賈薔並不具有多少美質，可齡官偏偏愛他愛得如癡如醉，小說中有一段齡官雨中畫薔的場景描寫：「只見那女孩子還在那裏畫呢，畫來畫去，還是個『薔』字。再看，還是個『薔』字。裏面的原是早已癡了，畫完一個又畫一個，已經畫了有幾千個『薔』。外面的不覺也看癡了，兩個眼睛珠兒只管隨著簪子動，心裏卻想：『這女孩子一定有什麼話說不出來的大心事，才這樣個形景。外面既是這個形景，心裏不知怎麼熬煎。看他的模樣兒這般單薄，心裏那裏還攔的住熬煎。可恨我不能替你分些過來。』」（《紅樓夢》第三十回）〔註3〕齡官在地上忘我地勾畫愛者

〔註2〕〔清〕曹雪芹著，周汝昌校訂：《紅樓夢》，鄭州：海燕出版社，2004年版，第11頁。

〔註3〕〔清〕曹雪芹著，周汝昌校訂：《紅樓夢》，鄭州：海燕出版社，2004年版，第390～391頁。

面容，於瓢潑大雨渾然不覺，描畫心上人的過程中她的心靈已進入了恍兮惚兮的醉境，這便是愛情帶來的高峰體驗了，這便是愛情所建構的詩意家園了，寶玉在一旁觀看時爲這樣的醉境所感發亦進入了醉境，於瓢潑大雨也渾然不覺、渾然不顧也，這一場面在小說中閃爍著愛情的動人光彩。

《聊齋志異》中傳統域的愛情描寫亦動人心魂，《阿寶》一篇中的男主人公王子服還沒與阿寶謀面就毫不猶豫地爲心儀之人自斷一指以明心志，初見女面，惘然失魂，「氣休休若將漸滅」〔註4〕，三日臥床不起，再見女面「復病，冥然絕食」、「僵臥氣絕」〔註5〕，後魂化鸚鵡以近芳澤，豈止是「衣帶漸寬終不愧，爲伊消得人憔悴」，竟至爲愛情捨了性命。由於孫子楚的癡情，本對他無意的阿寶認出了世間眞愛，自此生死隨之，在孫子楚遭遇不測時以身相殉。再如《青鳳》一篇中耿生與青鳳的初見，「少時，嫗偕女郎出。審顧之，弱態生嬌，秋波流慧，人間無其麗也。叟指婦云：『此爲老荊。』又指女郎：『此青鳳，鄙人之猶女也。頗惠，所聞見，輒記不忘，故喚令聽之。』生談竟而飲，瞻顧女郎，停睇不轉。女覺之，輒俯其首。生隱躡蓮鉤，女急斂足，亦無慍怒。生神志飛揚，不能自主，拍案曰：『得婦如此，南面王不易也！』」〔註6〕此段文字將男子遇到心儀之人時內心無法抑制的狂喜、如行走雲端的怡悅感充分表達出來。

封建社會的文化環境注定了兩性情感多以悲劇結局，姜夔的心上人合肥琵琶姐妹、晏幾道的情溺對象歌女萍鴻蓮雲們如何能將命運握在自己手中？魯迅曾說：「中國人向來就沒有掙得過人的資格」（魯迅《墳·燈下漫筆》），對於生活在社會最底層的歌女們來說此語尤爲貼切，她們以色藝事人，拖金紆紫的達官貴人們有幾個能將

〔註4〕　〔清〕蒲松齡：《聊齋志異》，濟南：齊魯書社，2006年版，第74頁。
〔註5〕　〔清〕蒲松齡：《聊齋志異》，濟南：齊魯書社，2006年版，第75頁。
〔註6〕　〔清〕蒲松齡：《聊齋志異》，濟南：齊魯書社，2006年版，第41頁。

她們作為具同等尊嚴的個人來看待？又如何能以真情相與？所以一旦得到才子們的真心相戀，她們多麼渴望與之終身相依訂立生死契闊之約啊！可這些才子們尚不能掌握自身命運，在世上已屬於路途多滑的失意者，縱有相援之心亦無相援之力也，故他們之間的愛情只能棲於心靈和文字之上而無法落實到現實地面，宋詞靈河中因之落滿了這些癡男怨女們的情殤淚水，「君淚盈。妾淚盈。羅帶同心結未成」（林逋《相思令》）、「臂上妝痕，胸前淚粉，暗惹離愁多少」（沈邈《剔銀燈》）、「留戀處、蘭舟催發。執手相看淚眼，竟無語凝噎」（柳永《雨霖鈴》）、「欲寫綵箋書別怨。淚痕早已先書滿」（晏幾道《蝶戀花》）、「歌漸咽，酒初醺。盡將紅淚濕湘裙」（晏幾道《鷓鴣天》）、「想見逢迎處，揶揄羞面，妝臉淚盈盈」（曾布《水調歌頭》）、「離腸淚眼。腸斷淚痕流不斷」（魏夫人《減字木蘭花》）、「欲向佳人訴離恨，淚珠先已凝雙睫」（蘇軾《滿江紅》）……宋情詞幾乎有一大半浸漬在情人們的情殤苦淚中，晏幾道、姜夔、吳文英、李清照、朱淑真等人的情殤之淚流進宋詞靈河，沿著古中國的歷史河道和文學典籍一路流淌，又在紅樓世界中激起了一個大漩渦，沖刷著整個大觀園。「悲涼之霧，遍被華林」〔註7〕，這片彌漫籠罩的悲涼之霧有很大一部分是大觀園中眾多兒女們愛情悲劇的情殤淚水蒸騰而成。佛教內典認為「三十三天，離恨天最高，四百四病，相思病最苦。」《紅樓夢》中描寫了那麼多的愛情悲劇，「木石前盟、金玉良緣」之寶黛釵三者的愛情悲劇不過是紅樓夢中眾多愛情悲劇之大者。曹雪芹充分領略了情的美麗，理解了情的本體性，也覺知到愛情在封建社會往往會被現實繳殺的悲劇宿命。《聊齋志異》中的愛情故事少有人間戀情，基本上是人與煙靈粉魅狐女仙姝之間的姻緣故事，不也是因著對世間愛情實現可能性的絕望嗎？

　　除了與宋詞相同的傳統域的愛情表現，《紅樓夢》和《聊齋志異》

〔註7〕　魯迅：《魯迅全集》第九卷，北京：人民文學出版社，1981年版，231頁。

中還有對宋詞中尚屬空白地帶的兩性間另類情感關係的表現,《紅樓夢》中的「情不情」、《聊齋志異》中的膩友篇章為兩性關係拓展出了一片美麗的、花草繽紛的新天地。劉再復先生和林崗先生在《罪與文學》中說道:「他(寶玉)愛一切美麗少女,也愛其它的少男,如對秦鍾、琪官(蔣玉菡)柳湘蓮等,這不能用世俗的『同性戀』的概念去敘述,這是一種基督式的博大情感與美感,是對人間最美的生命自然無邪的傾慕與依戀,因此,其中任何一個生命與自然的毀滅,都會引起他的大傷感與大悲憫,都會使他發呆。」〔註8〕如果我們要給這種超越性別身份的感情一個定義的話,小說《紅樓夢》末回情榜中給予寶玉的評語「情不情」一語斯為允當,脂硯齋解釋「情不情」道:「凡世間之無知無識,彼俱有一癡情去體貼」(甲戌本第八回眉批)。賈寶玉選擇情不情對象的唯一依據是對方是否美,而不論身份地位,所以賈寶玉既日夜體貼著大觀園中的眾姊妹,亦同時關愛呵護著眾多侍兒、戲子,為此心勞日拙而不顧,如小說第四十四回中寶玉對平兒的關心,第五十八回中寶玉對藕官的護庇,第六十二回中寶玉對香菱的同情。在一個有著太多醜陋和荒謬的世界,美麗靈魂往往「斯人獨憔悴」,它需要找到同者,一旦它尋找到同者,其靈魂的安慰和喜悅是巨大的,呵護之心自會油然而生,所以賈寶玉見了如水的女孩兒會覺得神清氣爽,見了水質的男性也同樣會萌生出關愛之心。他們是這個污濁爛泥世界的同者,同具有水的清亮和純淨,所以他不自覺地要去關心她們和他們,對她們和他們噓寒問暖,這是美麗靈魂對美麗靈魂的溫暖相慰,美麗靈魂對美麗靈魂超乎利害之上無所求的呵護和關愛,這是世上何其動人的一種情感。對於所有的這些世間美者他都會突然間說出一段「瘋言瘋語」,如第十九回中寫道:「寶玉忙笑道:『你說,那幾件?我都依你。好姐姐,好親姐姐別說兩三件,就是兩三百件,我也依。只求你們同看著我,守著我,等我有一日化成了飛灰……飛灰還不好,灰還有形有跡,還有知識……等我化成一股輕煙,風一

〔註8〕劉再復,林崗:《罪與文學》,牛津大學出版社,2002 年版。

吹便散了的時候，你們也管不得我，我也顧不得你們了。那時憑我去，我也憑你們愛那裏去就去了。」（《紅樓夢》第十九回）〔註9〕幾千年的中國封建文明史上可曾聽到過這樣的語言，因此他總是被人視爲似傻如狂的呆子，如小說中人物賈雨村所言，「置之於萬萬人中，其聰明靈秀之氣，則在萬萬人之上，其乖僻邪謬不近人情之態，又在萬萬人之下。」（《紅樓夢》第二回）〔註10〕這便顯出了「情不情」之情感在古中國的稀有性，這種具有神性色彩的大愛情感散發出了中國古代小說中罕睹的聖潔光芒和宗教氣息。

　　「情不情」之情感在小說中被警幻仙子名之爲「意淫」，「淫雖一理，意則有別，如世之好淫者，不過悅容貌，喜歌舞，調笑無厭，雲雨無時，恨不能盡天下美女供我片時之趣興，此皆皮膚濫淫之蠢物耳。如爾則天分中生成一段癡情，吾輩推之爲『意淫』。『意淫』二字，惟心會而不可口傳，可神通而不可語達，汝今獨得此二字，在閨閣中，固可爲良友，然於世道中未免迂闊怪詭、百口嘲謗，萬目睚眥。」（《紅樓夢》第五回）小說第二十一回中的一段文字正是對寶玉非爲皮膚濫淫之蠢物、而是情不情之意淫者的印證：「寶玉來到黛玉房中，黛玉和湘雲尚臥在衾內，那黛玉嚴嚴密密地裹著一幅杏子紅綾被，史湘雲『卻一把青絲拖於枕畔，被只齊胸，一彎雪白的膀子撂於被外』，寶玉見了，歎道：『睡覺還是不老實！回來風吹了，又嚷肩窩疼了。』一面說，一面輕輕地替她蓋上。」脂硯齋評道：「若是別部書中，寫此時之寶玉，一進來便生不軌之心，突萌苟且之念，更有許多賊形鬼狀等醜態邪言矣。今反推醒他，毫不在意，所謂說不得淫蕩是也。」這種不帶肉欲色欲色彩的憐香惜玉在中國古代生存場中從來都是男性主體十分稀缺的品質，國人對魯迅的這段話多耳熟能詳：「一見短袖子，立刻想到白胳膊，立刻想到全裸體，立刻想到生殖器，立刻想

〔註9〕〔清〕曹雪芹著，周汝昌校訂：《紅樓夢》，鄭州：海燕出版社，2004年版，第 244〜245 頁。

〔註10〕〔清〕曹雪芹著，周汝昌校訂：《紅樓夢》，鄭州：海燕出版社，2004年版，第 29 頁。

到性交，立刻想到雜交，立刻想到私生子。中國人的想像惟在這一層能夠如此躍進。」（魯迅《小雜感》）如此之肉欲煎逼者便是警幻仙子所言「皮膚濫淫之蠢物」，而寶玉的「情不情」之情感則與之完全相反，它純然是對世間美好事物毫無肉欲之念的一團癡情。

《聊齋志異》對兩性傳統情感域的拓展體現在它的膩友情感範式的描寫上，如《聊齋志異·嬌娜》一篇，嬌娜對耿生的感情並非愛情，它沒有愛情的獨佔性和排他性，亦非友情，友情不足以形容它對生命契入的程度和對彼此生命的巨大慰藉，亦非親情，它沒有親情的血緣基礎，它在親情友情愛情之外，又包融了愛情親情友情若干因子，它有親情不隨時間境遇而改變終身隨之的永恒，它有伯夷子期高山流水式友情的莫逆於心，它有愛情心靈相契相融解除全部防禦後的一體感和高峰體驗，這是世間難求的一種絕美情感，作者蒲松齡名其爲「膩友」也，《嬌娜》篇末異史氏曰：「余於孔生，不羨其得豔妻，而羨其得膩友也。觀其容可以忘饑，聽其聲可以解頤。得此良友，時一談宴，則『色授魂與』，尤勝於『顛倒衣裳』矣。」〔註 11〕膩友關係並不僅僅局限在異性間，亦可能在同性間獲得，《蓮香》一篇中狐女蓮香與鬼女李氏間的情感類型當屬此類，「十年後的重逢，李女握著蓮香的手進入密室，撮其頷而笑曰：『汝識我否？』答言：『不識』……乃撮其項而呼曰：『蓮姊，蓮姊！十年相見之約，當不欺吾。』後世蓮香忽如夢醒，豁然曰：『咦！』兩女共話前生，悲喜交集。」（《聊齋志異·蓮香》）〔註 12〕《聊齋·蓮香》故事高潮並不是榮生與二女終成人間眷屬，而是二女情緣豐碑的落成，「燕謂生曰：『妾與蓮姊兩世情好，不忍相離，宜令白骨同穴。』生從其言，啓李冢得骸，歸而合葬之，親朋聞其異，吉服臨穴，不期而令者數百人。」〔註 13〕蒲松齡以曼妙的筆觸將這一超乎親情友情愛情之外又包融了愛情親情友情若

〔註 11〕〔清〕蒲松齡：《聊齋志異》，濟南：齊魯書社，2006 年版，第 26 頁。
〔註 12〕〔清〕蒲松齡：《聊齋志異》，濟南：齊魯書社，2006 年版，第 73 頁。
〔註 13〕〔清〕蒲松齡：《聊齋志異》，濟南：齊魯書社，2006 年版，第 73 頁。

干因子的第四種情感展現得美侖美奐。

　　《紅樓夢》和《聊齋志異》中的兩性情感描寫彙成了一片情感豐融的汪洋大海，持續沾溉著世人的心靈，並以它們對兩性情感領域的拓展爲這個世界提供了嶄新的美學因子。

二、閨閣昭傳
——論《紅樓夢》《聊齋志異》和宋詞人的女性意識

　　「唯女子與小人爲難養也，近之則不遜，遠之則怨」（《論語・陽貨》），中國封建社會主流文化對女性持漠視和卑視態度，這從根本上違背了人類對作爲生命孕育者、生命溫暖厚壤之美麗半邊天的女性趨近之熱愛之的天性，人的天性終究壓不住，無論出之以多麼冠冕堂皇的名目，天性中的自然情感終會爆發出來。

　　詞的藝術世界就已然承載了人類這種自然天性的一次爆發，女性形象以大於半邊天的態勢進入詞體中，詞從誕生初就與女性結下了不解之緣，晚唐五代的第一部詞集《花間詞》就是一本對女性從身體到情感無所不包的描寫專集，如溫庭筠的作品：

菩薩蠻

　　小山重疊金明滅，鬢雲欲度香腮雪。懶起畫蛾眉，弄妝梳洗遲。　　照花前後鏡，花面交相映。新帖繡羅襦，雙雙金鷓鴣。

菩薩蠻

　　杏花含露團香雪，綠楊陌上多離別。燈在月朧明，覺來聞曉鶯。　　玉鉤褰翠幕，妝淺舊眉薄。春夢正關情，鏡中蟬鬢輕。

菩薩蠻

　　鳳凰相對盤金縷，牡丹一夜經微雨。明鏡照新妝，鬢輕雙臉長。　　畫樓相望久，欄外垂絲柳。音信不歸來，社前雙燕回。

　　學者認為晚唐五代詞人溫庭筠「以女性美為審美對象大力而集中寫女性諸種美麗，開闢了中國詩史上空前未有的女性世界」〔註14〕、「詞中所展開的對女性美的高度專注的境界，在中國廣義的詩史上可以說是空前的。」〔註15〕宋詞亦延續著晚唐花間詞以女性為抒寫中心的舊轍，「宋人奉《花間集》為詞的鼻祖，作詞固多以《花間》為宗，治詞亦常以《花間》為準。」〔註16〕即便後來被認為「要非本色」的以詩為詞的開創者蘇軾、以詞為戰鬥武器的辛棄疾，他們詞集中也有若干首女性詠歌。詞在宋代的重要定義「豔情文學」之「豔」和「情」都與女性有關，詞之「豔」既體現在詞要眇宜修的體徵上，更體現在詞對豔若桃李的女性群體體態聲容盡態極妍的描寫上。在某種程度上，宋詞史便是一部女性的體認和讚賞史，詞人以賞愛無盡的筆調勾畫出女性曼妙的身體輪廓和玉琢般搭配完美的五官，繪製出女性雲霞般明燦的霓裳羽衣，詠歎著女性山間流泉般的婉美清音，記錄著女性優雅溫婉的言動行止，這在上編兩宋詞人典型性心靈路徑之大觀中我們已有過充分觀睹，如晏幾道、柳永、周邦彥、姜夔、吳文英等詞人筆下之女子形象便是如此，此處姑引幾首本文鱗選之心靈標本之外的詞人之詞以觀之：

> 雙蝶繡羅裙，東池宴，初相見。朱粉不深勻，閒花淡淡春。　細看諸處好，人人道，柳腰身。昨日亂山昏，來時衣上雲。（張先《醉垂鞭》）

> 晚霞紅。看山迷暮靄，煙暗孤松。動翩翩風袂，輕若驚鴻。心似鑒，鬢如雲，弄清影，月明中。謾悲涼，歲華冉冉，莽華潛改衰容。　前事銷凝久，十年光景匆匆。念雲軒一夢，回首春空。彩鳳遠，玉簫寒，夜悄悄，恨無窮。

〔註14〕錢鴻英：《詞的藝術世界》，上海：上海文藝出版社，1992 年版，第114 頁。

〔註15〕錢鴻英：《詞的藝術世界》，上海：上海文藝出版社，1992 年版，第113 頁。

〔註16〕吳熊和：《唐宋詞通論》，杭州：浙江古籍出版社，1989 年版，第173頁。

歡黃塵久埋玉，斷腸揮淚東風。醉思仙（孫道絢《醉思仙》）

　　縛虎手。懸河口。車如雞棲馬如狗。白綸巾。撲黃塵。
不知我輩，可是蓬蒿人。袞蘭送客咸陽道。天若有情天亦
老。作雷顛。不論錢。誰問旗亭，美酒斗十千。　　　酌大
斗。更爲壽。青鬢常青古無有。笑嫣然。舞翩然。當壚秦
女，十五語如弦。遺音能記秋風曲。事去千年猶恨促。攬
流光。繫扶桑。爭奈愁來，一日卻爲長。（賀鑄《小梅花》）

　　李清照、朱淑眞等幾位女性詞人還在詞中提供了自身珠玉美質
的形象摹本，「我報路長嗟日暮，學詩漫有驚人句。九萬里風鵬正舉。
風休住，蓬舟吹取三山去。」李清照《漁家傲》一詞呈現出了一個
別於宋朝大多數女子的倜儻神俊的女性形象，豐富了宋詞的形象長
廊。作爲一代文學之勝的宋詞給了封建時代女性一片充分展現的天
空，對於國人女性意識的發展來說具有重要意義，唐宋詞形成了「宮
體詩」之後表現女性美的第二個高潮。

　　《紅樓夢》和《聊齋志異》中的女性意識在宋詞基礎上向前邁出
了一大步，這兩部小說對女性美的發現和稱揚超出於宋詞之上，「今
風塵碌碌，一事無成，忽念及當日所有之女子，一一細考較去，覺其
行止見識，皆出於我之上。何我堂堂鬚眉，誠不若彼裙釵哉？」（《紅
樓夢》第一回）「閨閣中本自歷歷有人，萬不可因我之不肖，自護己
短，一併使其泯滅也。」（《紅樓夢》第一回）〔註17〕爲「閨閣昭傳」
是《紅樓夢》作者的寫作題旨之一。「女兒是水做的，我見了女兒便
覺得清爽，見了男兒便覺得濁臭逼人」（第二回）〔註18〕，男主人公
賈寶玉的這段論調已成爲中國文化史上的經典語錄，我們雖不能就此
認爲作者曹雪芹亦持相同觀點，但作者對女性的欣賞和關愛在文本中
是處處可見的，大觀園中的女兒國與寧榮兩府的男子群體間呈現出了

〔註17〕〔清〕曹雪芹著，周汝昌校訂：《紅樓夢》，鄭州：海燕出版社，2004
　　　年版，第 2 頁。
〔註18〕〔清〕曹雪芹著，周汝昌校訂：《紅樓夢》，鄭州：海燕出版社，2004
　　　年版，第 28 頁。

潔淨與污濁、明慧與俗濫、幹練與庸懦、文采精華與腐朽愚鈍之兩重對比。賈府中的那些男性除賈寶玉之外幾無一令作者和讀者喜愛的正面形象，賈敬、賈赦、賈政等文字輩中賈政是渾身塗滿道德泥漿的偽道學，賈敬是一味希求長生此外別無所求的行尸走肉，賈赦是與媳婦有不正當關係的「皮膚濫淫」者，至於賈珍、賈璉、賈環、賈蓉等玉字輩和草字輩，則是垮掉了的兩代人，終日及時行樂苟且人生。與之相比大觀園中的眾女性們宛若奧林匹斯山上晶光照人的女神，作者用燦爛的筆墨極譽這些可作為人類淨化靈泉的女性們，作者對女性極盡讚美之辭，作者讚林黛玉道：「閒靜時如姣花照水，行動處似弱柳扶風」（《紅樓夢》第三回）〔註 19〕，歡賞史湘雲道「英豪闊大寬宏量，從未將兒女私情略縈心上。好一似，霽月光風耀玉堂」〔註 20〕，歌詠妙玉云：「氣質美如蘭，才華阜比仙」（《紅樓夢》第五回）〔註 21〕……故有學者說，曹雪芹不愧為「我國（中國）文學史上第一個充分發現女性美、充分發現女性價值、充分發掘婦女問題的社會政治意義的偉大作家。」〔註 22〕

　　《聊齋志異》中的女性形象絕大部分是花妖狐魅鬼怪仙姝等異類，但不管是什麼類型，幾乎都是美麗善良、慧點多情、通達古今的正面形象，「有女郎攜婢，拈梅花一枝，容華絕代，笑容可掬。」（《聊齋志異·嬰寧》）〔註 23〕「生入拜媼，居室幅側，女依母自幛。微睞之，雖荊布之飾，而神情光豔，心竊喜。」〔註 24〕「女嫋娜如隨風欲

〔註 19〕〔清〕曹雪芹著，周汝昌校訂：《紅樓夢》，鄭州：海燕出版社 2004年版，第 44 頁。
〔註 20〕〔清〕曹雪芹著，周汝昌校訂：《紅樓夢》，鄭州：海燕出版社，2004年版，第 72 頁。
〔註 21〕〔清〕曹雪芹著，周汝昌校訂：《紅樓夢》，鄭州：海燕出版社，2004年版，第 72 頁。
〔註 22〕周中明，文又波：《試論曹雪芹的婦女觀》，《紅樓夢學刊》，1994 年，第 3 輯，第 196〜197 頁。
〔註 23〕〔清〕蒲松齡：《聊齋志異》，濟南：齊魯書社，2006 年版，第 49 頁。
〔註 24〕〔清〕蒲松齡：《聊齋志異》，濟南：齊魯書社，2006 年版，第 88 頁。

飄去，而操作過農家婦」（《聊齋志異‧紅玉》）〔註 25〕「一夕，獨坐凝思，一女子翩然入。生意其鄰，承逆與語。覯面殊非：年僅十五六，紅袖垂髫，風流秀曼，行步之間，若還若往。」（《聊齋志異‧蓮香》）〔註 26〕……聊齋中的很多故事都是以女主人公的名字來命名的，一想到《聊齋志異》，人們眼前便浮現出若干個可愛的女性形象：紅玉、嬌娜、林四娘、嬰寧、青鳳、蓮香……小說的情愛故事亦有著共通的特徵，往往是女性具傾城美貌和絕世才情，男主人公為之生生死死終身癡戀，《嬰寧》一篇中作者描寫王子服對嬰寧的癡戀道：「生注目不移，竟忘顧忌。生拾花悵然，神魂喪失，怏怏遂返。至家，藏花枕底，垂頭而睡。不語亦不食。母憂之。醮禳益劇，肌革銳減。醫師診視，投劑發表，忽忽若迷。」〔註 27〕一改中國古典小說「癡心女子負心漢」的情愛套路，而且聊齋故事中女主角婚後大抵是家庭主宰，若發生婚變，女性亦多是發起者，試問在中國封建時代女性何曾有過如此揚眉吐氣的時候。

　　中國古代文學中的女性題材作品往往過於強調女性的美，而忽略了力量、智慧的重要性，其實任何一個性別只有當它在理性與感性、優美與壯美、男性特質和女性特質等方面發展到綜合平衡時才是有助於自我實現的最佳狀態，《紅樓夢》和《聊齋志異》中的女性形象彌補了中國古代女性形象長廊中的這一缺撼，試看王熙鳳何等剛煉潑辣，探春何等精明能幹，《聊齋志異》中的女性亦多是家庭的支柱，這些美貌、智慧、膽力兼具並美的卡門式女子與其說是作者對女性群體「是然」狀態的現實認知，還不如說是作者對女性世界「應然」狀態的理想敘寫，是創作者心目中女性形象的未來美好願景。兩部小說的作者對於女性之於人類的意義也有著別於封建社會主流文化的認知，《紅樓夢》中女媧練石補天的情節便是作者以女性為人類未來希

〔註 25〕　〔清〕蒲松齡：《聊齋志異》，濟南：齊魯書社，2006 年版，第 89 頁。
〔註 26〕　〔清〕蒲松齡：《聊齋志異》，濟南：齊魯書社，2006 年版，第 90 頁。
〔註 27〕　〔清〕蒲松齡：《聊齋志異》，濟南：齊魯書社，2006 年版，第 49 頁。

望、爲現世溫暖厚壤觀點的表現。如果女性不美好，世界怎會成爲美麗大觀園，如果女性不溫暖，人心怎能不結滿寒冰，如果女性不智慧，人類怎能籍智慧進入心靈的自由王國。

《紅樓夢》中既有對女性美的充分發現，還有對中國古代女性悲劇命運深重的悲憫意識，這一點也是超出於宋詞的。封建社會女性婚姻不能自主，愛情實現的希望幾爲零，被局囿在深深庭院中的女性縱有才幹也得不到充分發揮，曹雪芹筆下一個個清心玉映的女兒在現實的絞殺下凋零枯萎，作者發出了深重的聲聲歎息，他歎黛玉寶釵道：「可歎停機德，堪憐詠絮才，玉帶林中掛，金簪雪裏埋」〔註28〕，歎探春道：「才自精明志自高，生於末世運偏消。清明涕送江邊望，千里東風一夢遙」〔註29〕，歎妙玉道：「欲潔何曾潔，雲空未必空。可憐金玉質，終陷淖泥中」〔註30〕，歎王熙鳳道：「凡鳥偏從末世來，都知愛慕此生才，一從二令三人木，哭向金陵事更哀」（《紅樓夢》第五回）〔註31〕，這聲聲歎息合成了作者的一句心聲：我那水做的女兒，希望之路又在何方？

三、人生如夢
——論《紅樓夢》《聊齋志異》和宋詞人的生命夢觀

「滿紙荒唐言，一把辛酸淚，都云作者癡，誰解其中味」（《紅樓夢》第一回）〔註32〕，其味是人生空幻之味，人生如夢之味，作者在

〔註28〕 〔清〕曹雪芹著，周汝昌校訂：《紅樓夢》，鄭州：海燕出版社，2004年版，第67頁。

〔註29〕 〔清〕曹雪芹著，周汝昌校訂：《紅樓夢》，鄭州：海燕出版社，2004年版，第68頁。

〔註30〕 〔清〕曹雪芹著，周汝昌校訂：《紅樓夢》，鄭州：海燕出版社，2004年版，第68頁。

〔註31〕 〔清〕曹雪芹著，周汝昌校訂：《紅樓夢》，鄭州：海燕出版社，2004年版，第68頁。

〔註32〕 〔清〕曹雪芹著，周汝昌校訂：《紅樓夢》，鄭州：海燕出版社，2004年版，第10頁。

第一回中敘述《紅樓夢》的創作題旨時即已點明：「此回中凡用『夢』用『幻』等字，是提醒閱者眼目，亦是此書立意本旨。」〔註33〕《紅樓夢》篇名中的夢字便是作者題旨之點醒，第一回中跛足道人的「好了歌」及甄士隱的解詞便是作者題旨的注腳，《好了歌》唱道：

> 世人都曉神仙好，惟有功名忘不了！古今將相在何方？荒冢一堆草沒了。世人都曉神仙好，只有金銀忘不了！終朝只恨聚無多，及到多時眼閉了。世人都曉神仙好，只有姣妻忘不了！君生日日說恩情，君死又隨人去了。世人都曉神仙好，只有兒孫忘不了！癡心父母古來多，孝順兒孫誰見了？（《紅樓夢》第一回）〔註34〕

甄士隱的解詞寫道：

> 陋室空堂，當年笏滿床，衰草枯楊，曾為歌舞場.蛛絲兒結滿雕梁，綠紗今又糊在蓬窗上。說什麼脂正濃，粉正香，如何兩鬢又成霜？昨日黃土隴頭送白骨，今宵紅燈帳底臥鴛鴦。金滿箱，銀滿箱，展眼乞丐人皆謗。正歎他人命不長，那知自己歸來喪！訓有方，保不定日後作強梁。擇膏梁，誰承望流落在煙花巷！因嫌紗帽小，致使鎖枷槓，昨憐破襖寒，今嫌紫蟒長:亂烘烘你方唱罷我登場，反認他鄉是故鄉。甚荒唐，到頭來都是為他人作嫁衣裳！

（《紅樓夢》第一回）〔註35〕

　　甚至連第五回的「紅樓夢曲」都可看作是作者夢觀的詳細說明，整本小說便在這一題旨的籠罩下展開。《紅樓夢》中的空空道人和癩頭和尚是小說中的兩個點睛符號，雖然小說大部分的材料都在表現有喜有悲的熱鬧鬧的塵世生活，一片色的異彩紛呈，可空空道人和癩頭和尚這兩個符號便把這一切都消解成了「白茫茫一片真乾淨」的空

〔註33〕〔清〕曹雪芹著，周汝昌校訂：《紅樓夢》，鄭州：海燕出版社，2004年版，凡例，第3頁。

〔註34〕〔清〕曹雪芹著，周汝昌校訂：《紅樓夢》，鄭州：海燕出版社，2004年版，第18頁。

〔註35〕〔清〕曹雪芹著，周汝昌校訂：《紅樓夢》，鄭州：海燕出版社，2004年版，第18～19頁。

無，曹雪芹借助這兩個人物表達了他對世界的認知：色爲虛幻，無是本體。這是那個行將毀滅的朝代帶給他的悲劇性人生總結。何永康在《從〈紅樓夢〉看曹雪芹的悲劇觀》一文裏，指出「曹雪芹不是『女權主義者』，他不僅寫了『千紅一哭』，『萬豔同悲』，而且耗盡心血寫了『夢醒了無路可走』的賈寶玉的悲劇，寫了潘又安，柳湘蓮，秦鍾等人的悲劇；就是賈政這樣的封建階級當權派，曹雪芹也賦與他某種悲劇的色彩，由此看來，把《紅樓夢》歸結爲眾女兒的悲劇，也是不穩妥的。」〔註36〕人生無往不在悲劇中的認知必然帶來「以夢視眞」的生命夢觀，唐君毅說《紅樓夢》「書之所記，皆寂天寞地中一團熱鬧。此一團熱鬧……在紅樓中，好比繡天織地，實則此團熱鬧，乃是虛懸於一蒼茫茫氛圍中……《紅樓夢》之形上意識，根本是人生如夢如煙意識……《紅樓夢》之悲劇主角，則自始在夢中，夢醒而悲劇已成。悲劇成而取得惟一之智慧即人生原夢而已。」〔註37〕

　　以夢視眞之夢觀與蘇軾、朱敦儒心靈路徑中的一段歷程相彷彿。在「歸去來兮，吾歸何處——以蘇軾爲例觀照宋詞人的空漠情懷和自贖路徑」一章中我們曾得出「蘇軾仕途路滑生命體味著經世志願無償之憾恨」後「以夢視眞的空漠情懷亦曾滿溢心胸」的結論，斯時蘇軾作品中夢字層出不窮，「居士先生老矣，眞夢裏、相對殘釭」（《滿庭芳》）、「人生如夢，一尊還酹江月」（《念奴嬌》）、「世事一場大夢，人生幾度秋涼」（《西江月》）、「十五年間眞夢裏。何事。長庚對月獨淒涼。」（《定風波》）「萬事到頭都是夢，休休。明日黃花蝶也愁。」（《南鄉子》）……在「天難問，何妨袖手，且作閒人——以朱敦儒、張元幹、張孝祥爲例聆聽宋國殤者靈魂樂章的第一聲部」一章中我們也曾論及朱敦儒晚年高潔人格沾染上污點後人生如夢的虛無心境，作者此後作品亦與夢結下了不解之緣，「念伊嵩舊隱，巢由故友，南柯夢、

〔註36〕《紅樓美學》太原：北嶽文藝出版社，1991 年版，第 54 頁。
〔註37〕唐毅君：《人文精神之重建》（一），桂林：廣西師範大學出版社，2005 年版，第 7475 頁。

遽如許」（朱敦儒《水龍吟》）「堪笑一場顛倒夢，元來恰似浮雲」（朱敦儒《臨江仙》）「浮生春夢，難得是歡娛，休要勸，不須辭，醉便花間臥。」（朱敦儒《驀山溪》）「唱個快活歌，更說甚、黃粱夢裏」（朱敦儒《驀山溪》）「恍然真一夢，人空老。」（朱敦儒《感皇恩》）「雲間鴻雁草間蟲。共我一般做夢。」（朱敦儒《西江月》）對於曹雪芹、蘇軾、朱敦儒三人來說，以夢視真是其同，異則在於以夢視真後何如？

　　《紅樓夢》開篇有四句話：「因空見色，由色生情，傳情入色，自色悟空」，這四句話便是作者生命觀之總結，他將生命的起點和終點都視為空，然後由情連綴起起結兩點，因為起結於空，故過程之情愈發顯得重要、燦爛和悲壯，癡於情也因此有了超越意義、救贖價值。可結局到底是空，這是「吾之大患，為吾有身」的「人間世」的永恒悲劇，焉能不為之痛哭，故前人有言「曹雪芹寄哭泣於紅樓夢」，《紅樓夢》中的人物最終都是無路可走的，曹雪芹於無路處痛哭茫然。與曹雪芹不同，以夢視真只是蘇軾心路歷程中路過的驛站而已，並非旅程終點，他最終穿過了這一片空漠的迷霧，「籍先在的思想資源和生命的透脫智慧登臨內外洞澈、和諧自由的天地境界」。曹雪芹與蘇軾的心靈軌跡有過相交點——以夢視真，但最終還是分途而行，各人生命境界的不同實關乎著各人心性、生命智慧和時代環境等多方面的原因。曹雪芹之夢觀也有別於朱敦儒，臨近生命終點時朱敦儒對自己的一生進行了消極頹靡到極點的總結：

西江月

朱敦儒

　　　　元是西都散漢，江南今日衰翁。從來顛怪更心風。做盡百般無用。

　　　　屈指八旬將到，回頭萬事皆空。雲間鴻雁草間蟲。共我一般做夢。

　　「從來顛怪更心風。做盡百般無用」，詞人認為人生旅程不過是像失心風一樣在煞有介事地做無用功，精神彼岸消隱於人生如「夢」

「萬事皆空」的喟歎中。晚年的這場心靈浩劫使得詞人棄絕了一切拯救心靈的努力，「也不蘄仙不佞佛，不學棲棲孔子。」（朱敦儒《念奴嬌》）儒、道、佛都喪失了吸引力，封建社會讀書人的思想軌跡歷來是「達則兼濟天下，窮則獨善其身」，「達」時取儒家經世濟民思想利物及人，「窮」時取儒家卷而懷之的獨善策略，抑或是借佛、道思想安泊心靈，朱敦儒卻顛覆了這條平衡身心的法則，將傳統的身心居所一併拋開，心靈遂懸浮於價值眞空中，用海德格爾的話來說，即生命「嵌入虛無」（海德格爾《存在與時間》）。如此心境下所寫的詞必然會充塞著委靡頹唐之氣，薛礪若認爲朱敦儒「爲南渡前後最大的一位頹廢派詞人。」〔註38〕「頹靡」成爲朱敦儒詞風演變軌跡的終點，也是詞人心靈狀態的終點，其「空心人」的悲慘結局既是那個昏瞶黑暗的時代造成的悲劇，也是朱敦儒人格力量不夠堅挺的性格悲劇。可見，朱敦儒最後一段生命歷程只是如夢人生的一片虛無，他並沒有試圖填充進任何東西，此時他的心靈已全然沒有了安泊處，而持夢觀空觀的曹雪芹卻以情結撰起了起點之空和終點之空間的整個生命過程，並視此一過程爲短暫生命的可爲之處和意義所在。

　　《聊齋志異》以花妖鬼怪狐女仙妹說事，將愛情的美麗、女性的美麗視爲只存在於世外場域中，不也因著對人世的大絕望嗎？《聊齋志異‧嬰寧》一篇中還給予了作者視人生如夢後該當何爲的回答。小說中的女主人公嬰寧是中國文學史上最輕盈透明、最爛漫歡悅的形象，女主人公愛笑成癖，愛花成癡，「方佇聽間，一女郎由東而西，執杏花一朵，俯首自簪。舉頭見生，遂不復簪，含笑拈花而入」〔註39〕、「而愛花成癖，物色遍戚黨；竊典金釵，購佳種，數月，階砌藩溷，無非花者。」〔註40〕「聞戶外隱有笑聲。媼又喚曰：『嬰寧，汝姨兄在此。』戶外嗤嗤笑不已。婢推之以入，猶掩其口，笑不可遏。媼嗔目曰：『有客在，吒吒叱叱，是何景象？』

〔註38〕薛礪若：《宋詞通論》，上海：上海書店，1989年版，第213頁。
〔註39〕〔清〕蒲松齡：《聊齋志異》，濟南：齊魯書社，2006年版，第50頁。
〔註40〕〔清〕蒲松齡：《聊齋志異》，濟南：齊魯書社，2006年版，第52頁。

女忍笑而立，生揖之。媼曰：『此王郎，汝姨子。一家尙不相識，
可笑人也。』生問：『妹子年幾何矣？』媼未能解。生又言之。女
復笑，不可仰視」〔註41〕、「穿花小步，聞樹頭蘇蘇有聲，仰視，
則嬰寧在上。見生來，狂笑欲墮。生曰：『勿爾，墮矣！』女且下
且笑，不能自止。方將及地，失手而墮，笑乃止。生扶之，陰捼其
腕。女笑又作，倚樹不能行，良久乃罷」〔註42〕、「母入室，女猶
濃笑不顧。母促令出，始極力忍笑，又面壁移時，方出。才一展拜，
翻然遽入，放聲大笑。滿室婦女，爲之粲然。」〔註43〕在任何場合
都粲粲然笑聲不絕於口，只有心頭絲毫無染的生命才能時時處處這
樣滿心怡然吧！作者給小說主人公起名爲「嬰寧」，意在將之作爲
莊子「攖寧」哲學思想之人物圖解，「其爲物無不將也，無不迎也，
無不毀也，無不成也。其名爲攖寧。攖寧也者，攖而後成者也。」
（《莊子・大宗師》）蒲松齡對莊學思想做了美麗的詩學呈現，外界
紛紛擾擾的喧嘩與騷動給生命帶來了苦難，生命中的苦難引發了以
夢視眞的空幻感，視人生如夢後何爲？作者的答案是「攖寧也」，
綿歷世事受其擾而不爲所動，便能如小說中女主人公嬰寧一樣時時
粲然，刻刻歡悅，生命便能如她手中常執的鮮花一樣芬芳美麗。

〔註41〕　〔清〕蒲松齡：《聊齋志異》，濟南：齊魯書社，2006年版，第50頁。
〔註42〕　〔清〕蒲松齡：《聊齋志異》，濟南：齊魯書社，2006年版，第51頁。
〔註43〕　〔清〕蒲松齡：《聊齋志異》，濟南：齊魯書社，2006年版，第52頁。

結　語

　　粗筆勾勒的這一兩宋詞人心靈大觀園之紙上建築還只是具一個
大體的輪廓，還有日後精工細描的許多餘地，如心靈路徑中主乾道
尚可斟酌而添減之，對詞人心靈路徑的原因闡析還可向深廣方向拓
展，亦還可再補充進一些小眾路徑，以此來豐實兩宋詞人心靈大觀
園的園景圖，以此使得兩宋詞人心靈史的文本構建更爲切近斯時詞
人心靈眞相。就歷史進向而言，宋詞人心靈史與封建時代國人心靈
史中可比併觀照的對象還可進一步揀擇之、闡述之，從而使得兩宋
詞人心靈大觀園在立體方向上更爲飽滿，整體格局更爲宏大。筆者
拘於時間和精力所限目前尚只能抱此憾恨，尚待來日釋此憾恨矣。

主要參考文獻

A

艾治平:《詞人心史》,上海:學林出版社,2005 年版。

安旗主編:《李白全集編年注釋》,成都:巴蜀書社,1990 年版。

〔美〕A・馬塞勒著,任鷹等譯:《文化與自我——束西方人的透視》,杭州:浙江人民出版社,1988 年版。

〔英〕靄理士著,潘光旦譯:《性心理學》,北京:商務印書館,1997 年版。

B

北京大學古文獻研究所:《全宋詩》,北京:北京大學出版社,1900 年版。

北京大學哲學系美學教研室編:《西方美學家論美和美感》,北京:商務印書館,1982 年版。

〔漢〕班固:《漢書》,北京:中華書局,1962 年版。

〔丹麥〕勃蘭克斯著,張道眞等譯:《十九世紀文學主流》,北京:人民文學出版社,1997 年版。

C

程傑:《北宋詩文革新研究》,臺北:臺灣文津出版社,1996 年。

曹旭:《詩品集注》,上海:上海古籍出版社,1994 年版。

成復旺:《文境與哲理》,北京:中華書局,2002 年版。

陳祖美:《李清照評傳》,南京:南京大學出版社,1995 年版。

程章燦:《西京雜記全譯》,貴陽:貴州人民出版社,1993 年版。

陳鐵民:《王維集校注》,北京:中華書局,1997 年版。

陳貽欣:《王維的政治生活和他的思想》,長沙:湖南人民出版社,1980
年版。

〔明〕陳繼儒:《小窗幽記》,西寧:青海出版社,1998 年版。

〔宋〕蔡絛:《鐵圍山叢談》,北京:中華書局,1983 年版。

〔宋〕陳振孫:《直齋書錄解題》,上海:上海古籍出版社,1987 年版。

陳伯海,蔣哲倫編:《中國詩學史》詞學卷,福州:鷺江出版社,2002
年版。

D

鄧紅梅:《女性詞史》,濟南:山東教育出版社,2000 年版。

丁傳靖:《宋人軼事彙編》,北京:中華書局,1981 年版。

杜書瀛:《文學原理──創作論》,北京:中國社會科學出版社,1989
年版。

〔清〕董浩等編:《全唐文》,北京:中華書局,1983 年版。

〔美〕大衛・雷・格里芬著,王成兵譯:《後現代精神》,北京:中央編
譯出版社,1998 年版。

〔日〕村上哲見著,楊鐵嬰譯:《唐五代北宋詞研究》,北京:中華書局,
1997 年版。

〔俄〕車爾雪尼夫斯基著,辛未艾譯:《車爾雪尼夫斯基論文學》,上海:
上海譯文出版社,1979 年版。

〔美〕蒂利希著,成顯聰、王作虹譯:《蒂利希選集》,上海:三聯書店,
1999 年版。

E

〔德〕恩格斯:《費爾巴哈與德國古典哲學的終結》,北京:人民文學出
版社,1959 年版。

F

〔美〕弗洛姆著,孫依依譯:《為自己的人》,北京:三聯書店,1988 年
版。

〔美〕弗蘭克・戈布爾著,呂明、陳紅雯譯:《第三思潮:馬斯洛心理
學》,上海:上海譯文出版社,1986 年版。

〔唐〕房玄齡等編：《晉書》，北京：中華書局，2003年版。

馮友蘭：《新原道》，北京：三聯書店，2007年版。

馮友蘭：《中國哲學史新編》，北京：人民出版社，1999年版。

馮友蘭：《中國哲學簡史》，天津：天津社會科學院出版社，2005年版。

〔德〕尼采著，趙登榮譯：《悲劇的誕生》，北京：三聯書店，1986年版。

〔奧〕弗洛伊德著，彭舜譯：《精神分析引論》，西安：陝西人民出版社，2006年版。

〔奧〕弗洛伊德著，趙立瑋譯：《圖騰與禁忌》，北京：中國民間文藝出版社，1985年版。

〔奧〕弗洛伊德著，林塵等譯：《文明及其缺撼》，安徽文藝出版社，1987年版。

〔奧〕弗洛伊德著，林克明譯：《愛情心理學》，北京：作家出版社，1986年版。

〔奧〕弗洛伊德著，劉福堂譯：《精神分析綱要》，北京：國際文化出版公司，2000年版。

傅道彬：《歌者的悲歡——唐代詩人的心路歷程》，保定：河北大學出版社，2006年版。

〔明〕馮夢龍：《情史》，北京：中國廣播電視體育大學出版社，2005年版。

〔唐〕惠能：《壇經》，揚州：廣陵書社，2003年版。

G

高爾泰：《美是自由的象徵》，北京：人民文學出版社，1986年。

〔清〕郭慶藩著，王孝魚點校：《莊子集釋》，北京：中華書局，1961年版。

〔清〕龔自珍：《龔自珍全集》，上海：上海古籍出版社，2000年版。

葛兆光：《禪宗與中國文化》，上海：上海人民出版社，1986年版。

龔斌：《陶淵明集校箋》，上海：上海古籍出版社，1996年版。

H

胡雲翼：《中國詞史大綱》，上海：上海北新書局，1933年版。

〔清〕何煥文輯：《歷代詩話》，北京：中華書局，1981年版。

〔德〕海德格爾著，陳嘉映，王慶節譯：《存在與時間》，北京：三聯書

店，1987年版。

〔德〕海德格爾著，作虹譯：《海德格爾詩學文集》，武漢：華中師範大學出版社，1992年版。

胡小明：《中國詩學精神》，南昌：江西人民出版社，1997年版。

〔德〕黑格爾著，王玖興等譯：《精神現象學》，北京：商務印書館，1979年版。

〔德〕黑格爾著，朱光潛譯：《美學》，北京：商務印書館，1981年版。

〔荷〕胡伊青著，成窮譯：《人：遊戲者》，貴陽：貴州人民出版社，1998年版。

黃暉：《論衡校釋》，北京：中華書局，1990年版。

〔宋〕黃徹：《鞏溪詩話》，北京：人民文學出版社，1998年版。

黃霖、吳健民、吳兆路著：《原人論》，上海：復旦大學出版社，2000年版。

霍爾著，包畢富編譯：《弗洛伊德心理學與西方文學》，長沙：湖南文藝出版社，1986年版。

J

〔美〕簡·盧文格著，韋子木譯：《自我的發展》，杭州：浙江教育出版社，1998年版。

〔日〕今道友信著，王永麗、周浙平譯：《關於愛和美的哲學思考》，上海：生活·讀書·新知三聯書店，2003年版。

〔日〕今道友信著，徐培、王洪波譯：《關於愛》，北京：三聯書店，1987版。

姜亮夫：《楚辭書目書種》，北京：中華書局，1993年版。

〔日〕加藤繁著，吳傑譯：《中國經濟史考證》，北京：商務印書館，1959年版。

K

〔英〕克萊夫·茅屋爾：《藝術》，北京：中國文聯出版公司，1984年版。

〔德〕卡西爾著，甘陽譯：《人論》，上海：上海譯文出版社，2003年版。

〔德〕康德著，鄧曉芒譯：《判斷力批判》，北京：人民文學出版社，2002年版。

L

劉揚忠：《辛棄疾詞心探微》，濟南：齊魯書社，1990 年版。

劉揚忠：《唐宋詞流派史》，福州：福建人民出版社，1999 年版。

劉毓盤：《詞史》，上海：上海書店，1985 年版。

〔法〕拉法格著，羅大岡譯：《拉法格文論集》，北京：人民文學出版社，1979 年版。

李澤厚：《美的歷程》，桂林：廣西師範大學出版社，2000 年版。

李澤厚：《中國思想史論》，北京：中華書局，2002 年版。

李澤厚：《批判哲學的批判》，北京：人民出版社，1984 年版。

李澤厚，劉綱紀著：《中國美學史》，北京：中國社會科學出版社，1984 年版。

魯迅：《魯迅書信集》，北京：人民文學出版社，1976 年版。

魯迅：《魯迅全集》，北京：人民文學出版社，1981 年版。

〔清〕劉鶚：《老殘遊記》，北京：人民文學出版社，1982 年版。

〔宋〕李昉等編纂：《太平廣記》，北京：中華書局，2003 年版。

《資治通鑒》

柳鳴九、羅新章編：《馬爾羅研究》，桂林：灕江出版社，1984 年版。

李翊灼校輯：《維摩詰經集注》，臺北：老古出版社，1982 年版。

〔日〕鈴木大拙著，謝思煒譯：《禪學入門》，北京：三聯書店，1988 年版。

李維武編：《徐復觀文集》，武漢：湖北人民出版社，2002 年版。

劉小楓主編：《人類困境中的審美精神》，上海：東方出版中心，1996 年版。

〔美〕羅洛梅著，蔡伸章譯：《愛的意志》，臺北：臺灣志文出版社，1976 年版。

劉師復：《師覆文存》，上海：上海書店，1991 年版。

〔宋〕羅大經：《鶴林玉露》，北京：中華書局，1983 年。

李建中：《魏晉文學與魏晉人格》，武漢：湖北教育出版社，1998 年版。

林庚：《詩人李白》，上海：上海古籍出版社，2000 年版。

龍榆生：《《唐宋名家詞選》，上海：上海古籍出版社，1980 年版。

梁啓超：《梁啓超文選》，北京：中國廣播電視出版社，1992 年版。

〔清〕劉熙載：《藝概》，上海：上海古籍出版社，1976 年版。

〔宋〕陸游：《渭南文集》，北京：北京圖書館出版社，2004 年版。

M

〔美〕馬斯洛著，劉鋒等譯：《自我實現的人》，北京：三聯書店，1987年版。

〔德〕馬克思：《1844 年經濟學──哲學手稿》，北京：人民文學出版社，2000 年版。

〔德〕馬克斯，恩格斯：《馬克斯恩格斯全集》，北京：人民出版社，2001年版。

〔比〕梅特林克著，孫莉娜等譯：《謙卑者的財富》，哈爾濱：哈爾濱出版社，2004 年版。

〔美〕馬爾庫塞著，李小兵譯：《審美之維》，桂林：廣西師範大學出版社，2001 年版。

孟昭蘭：《情緒心理學》，北京：北京大學出版社，2005 年版。

牟宗三：《心體與性體》，上海：上海古籍出版社，1999 年版。

繆鉞：《詩詞散論》，上海：上海古籍出版社，1982 年版。

〔宋〕孟元老：《東京夢華錄》，濟南：山東友誼出版社，2001 年版。

N

聶石樵：《楚辭新注》，上海：上海古籍出版社，1980 年版。

〔美〕諾爾曼‧布朗，馮川等譯：《生與死的對抗》，貴陽：貴州人民出版社，1994 年版。

〔宋〕耐得翁：《都城紀勝》，上海：上海古籍出版社，1987 年版。

O

〔宋〕歐陽修：《歐陽修選集》，上海：上海古籍出版社，2006 年版。

P

〔清〕蒲松齡：《聊齋志異》，上海：上海古籍出版社，1979 年版。

〔清〕浦起龍：《讀杜心解》，北京：中華書局，1978 年版。

Q

錢鴻瑛：《周邦彥研究》，廣州：廣東人民出版社，1990 年版。

錢鴻瑛：《詞的藝術世界》，上海：上海文藝出版社，1992 年版。

錢鍾書：《宋詩選注》，北京：人民文學出版社，1979 年版。

錢鍾書：《管錐篇》，北京：中華書局，1999 年版。

錢穆：《國史大綱》，北京：商務印書館，1996 年版。

〔戰〕屈原：《離騷》，長春：吉林文史出版社，2004 年版。

祁志祥：《中國人學史》，上海：上海大學出版社，2002 年版。

〔清〕仇兆鰲：《杜詩詳注》，北京：中華書局，1995 年版。

R

〔英〕R‧D 萊恩：《分裂的自我——對健全與瘋狂的生存論研究》，貴陽：貴州人民出版社，1987 年版。

S

〔美〕孫康宜著，李奭學譯：《晚唐迄北宋詞體演進與詞人風格》，臺北：聯經出版公司，1994 年版。

〔美〕桑塔格著，程巍譯：《疾病的隱喻》，上海：上海譯文出版社，2003 年版。

〔宋〕蘇軾：《蘇軾文集》，北京：中華書局，1986 年版。

〔宋〕蘇軾：《蘇軾詩集》，北京：中華書局，1987 年版。

〔漢〕司馬遷：《史記》，北京：中華書局，1959 年版。

〔德〕叔本華著，石沖白譯：《作爲意志與表象的世界》，北京：商務印書館，1982 年版。

上海古籍出版社編：《續修四庫全書》，上海：上海古籍出版社，2002 版

〔宋〕司馬光：《資治通鑒》，北京：中華書局，1956 年版。

〔宋〕蘇轍：《欒城後集》，上海：上海古籍出版社，1987 年。

隋樹森編：《全元散曲》，北京：中華書局，2000 年版。

〔日〕松浦友久：《中國詩歌原理》，瀋陽：遼寧教育出版社，1990 年版。

〔清〕四庫館纂輯：《四庫全書》，上海：上海古籍出版社，1989 年影印版

T

唐圭璋編：《全宋詞》，北京：中華書局，1965 年版。

唐圭璋編：《詞話叢編》，北京：中華書局，1986 年版。

唐毅君：《人文精神之重建》，桂林：廣西師範大學出版社，2005 年版。

陶爾夫，諸葛憶兵：《北宋詞史》，哈爾濱：黑龍江教育出版社，2002 年版。

陶爾夫，劉敬圻：《南宋詞史》，哈爾濱：黑龍江人民出版社，2006 年版。

湯一介等主編：《中國儒學文化大觀》，北京：北京大學出版社，2001 年版。

〔元〕脫脫等：《宋史》，北京：中華書局，1977 年版。

陶淵明資料編寫組：《陶淵明資料彙編》，北京：中華書局，1984 年版。

W

吳熊和：《唐宋詞彙評》，杭州：浙江教育出版社，2004 年版。

吳熊和：《唐宋詞通論》，杭州：浙江古籍出版社，1989 年版。

王筱芸：《碧山詞研究》，南京：南京出版社，1990 年版。

王兆鵬：《宋南渡詞人研究》，臺北：臺灣文津出版社，1992 年版。

〔漢〕王充：《論衡》，哈爾濱：黑龍江人民出版社，2003 年版。

王立：《心靈的圖景：文學意象的主題史研究》，上海：學林出版社，1999 年版。

〔保〕瓦列夫著，趙永穆，范國恩，陳行慧譯：《情愛論》，北京：三聯書店，1984 年版。

〔西〕烏納穆諾著，段繼承譯：《生命的悲劇意識》，上海：上海文學雜誌社出版，1986 年版。

〔明〕王夫之：《莊子解》，北京：中華書局，1964 年版。

伍蠡甫主編：《現代西方文論選》，上海：上海譯文出版社，1983 年版。

吳瓊：《西方美學史》，上海：上海人民出版社，2000 年版。

王國維：《王國維遺書》，上海：上海古籍出版社，1983 年版。

王國維：《王國維文集》，北京：中國文史出版社，1997 年版。

王易：《詞曲史》，上海：上海書店，1989 年版。

伍立揚：《故紙風雪》，北京：文化藝術出版社，2005 年版。

王氣中：《藝概箋注》，貴陽：貴州人民出版社，1986 年版。

吳小如：《漢魏六朝詩鑒賞辭典》，上海：上海辭書出版社，1992 年版。

王鵬運：《四印齋所刻辭》，上海：上海古籍出版社，1989 年版。

〔明〕王陽明：《王文成公全書》，上海：上海商務印書館，1934 年版。

王德華：《屈騷精神及其文化背景研究》，北京：中華書局，2004 年版。

王宗石：《詩經分類詮釋》，長沙：湖南教育出版社，2001 年版。

〔宋〕吳自牧撰：《夢粱錄》，上海：上海古籍出版社，1987 年版。

X

薛礪若：《宋詞通論》，上海：上海書店，1985 年版。

〔宋〕徐夢莘：《三朝北盟會編》，上海：上海古籍出版社，1987 年版。

〔法〕西蒙娜·德·波伏瓦著，王友琴，邱希淳等譯：《女人是什麼》，北京：中國文聯出版公司，1988 年版。

徐復觀：《中國藝術精神》，上海：華東師大出版社，2001 年版。

夏承燾：《唐宋詞人年譜》，上海：上海古籍出版社，1979 年版。

〔清〕宣穎：《南華經解》，臺北：廣文書局，1978 年版。

〔德〕席勒著，馮至、范大燦譯：《審美教育書簡》，上海：上海人民出版社，2003 年版。

蕭滌非：《唐詩鑒賞辭典》，上海：辭書出版社，1983 年版。

夏咸淳：《情與理的碰撞》，保定：河北大學出版社，2001 年版。

〔法〕謝和耐：《蒙元入侵前夜的中國日常生活》，南京：江蘇人民出版社，1995 年版。

Y

楊海明：《張炎詞研究》，濟南：齊魯書社，1989 年版。

楊海明：《唐宋詞史》，天津：天津古籍出版社，1998 年版。

楊海明：《唐宋詞與人生》，石家莊：河北人民出版社，2002 年版。

葉維廉：《道家美學與西方文化》，北京：北京大學出版社，2002 年版。

楊伯峻：《論語譯注》，北京：中華書局，1980 年版。

〔德〕雅斯貝爾斯著，亦春譯：《悲劇的超越》，北京：工人出版社，1988 年版。

〔德〕雅斯貝爾斯著，余靈靈、徐培華譯：《存在與超越——雅斯貝爾斯文集》，北京：三聯書店，1988 年版。

〔德〕伊曼紐爾·利維納斯著，顧建光、張樂天譯：《生存及生存者》，杭州：浙江人民出版社，1987 年版。

尹錫康、周發祥主編：《楚辭資料海外編》，武漢：湖北人民出版社，1986

年版。

葉嘉瑩，繆鉞：《靈谿詞說》，上海：上海古籍出版社，1987 年版。

葉嘉瑩：《迦陵論詩叢稿》，北京：中華書局，1984 年版。

葉嘉瑩：《唐宋詞名家論稿》，石家莊：河北教育出版社，1997 年版。

袁行霈：《陶淵明研究》，北京：北京大學出版社，1997 年版。

袁行霈：《陶淵明集箋注》，北京：中華書局，2003 年版。

袁行霈、羅宗強主編：《中國文學史》，北京：高等教育出版社，1999 年版。

〔法〕雅克·馬利坦著，劉有元、羅選民譯：《藝術與詩中的創造性直覺》，上海：三聯書店，1991 年版。

余秋雨：《山居筆記》，上海：上海文藝出版社，2000 年版。

楊蔭瀏：《中國音樂史綱》，北京：萬葉書店，1952 年版。

Z

張惠民：《宋代詞學審美理想》北京：人民文學出版社，1995 年版。

張法：《中國文化與悲劇意識》，北京：中國人民大學出版社，1989 年版。

章培恒，駱玉明主編：《中國文學史》，上海：復旦大學出版社，1997 年版。

〔漢〕曾鞏：《曾鞏集》，北京：中華書局，1984 年版。

〔五代〕趙崇祚編，周奇文注釋：《花間詞》，吉林：吉林文史出版社，2007 年版。

中華大藏經編輯局：《中華大藏經》，北京：中華書局，1994 年版。

〔清〕張宗橚：《詞林紀事》北京：中華書局，1959 年版。

鄭雪主編：《人格心理學》，廣州：暨南大學出版社，2007 年版。

朱良志：《曲院風荷》，合肥：安徽教育出版社，2003 年版。

張京媛：《當代女性主義文學批評》，北京：北京大學出版社，1992 年版。

張璋，黃畬校注：《朱淑真集》，上海：上海古籍出版社，1986 年版。

〔宋〕朱熹：《朱子語類》，上海：上海古籍出版社，1985 年版。

宗白華：《詩境》，上海：上海人民出版社，1981 年版。

宗白華：《天光雲影》，北京：北京大學出版社，1997 年版。

朱光潛：《詩論》，北京：三聯書店，1998 年版。

張毅：《蘇東坡小品》，北京：文化藝術出版社，1997 年版。

朱自清：《詩言志辨》，桂林：廣西師範大學出版社，2006 年版。

鄭振鐸：《插圖本中國文學史》，北京：商務印書館，1979 年版。

詹福瑞，李金善：《世族的輓歌》，保定：河北大學出版社，2002 年版。

鍾優民：《中國詩歌史》（魏晉南北朝），長春：吉林大學出版社，1989 年版。

朱鑄禹：《全祖望集彙校集注》，上海：上海古籍出版社，2000 年版。

曾棗莊：《蘇詩彙評》，成都：四川文藝出版社，2000 年版。

〔宋〕張載：《張載集》，中華書局，1978 年版。

〔宋〕周密：《武林舊事》，濟南：山東友誼出版社，2001 年版。

〔宋〕周密撰，張茂鵬點校：《齊東野語》，北京：中華書局，1983 年版。